Verne, Julio, 1828-1905
    Dos años de vacaciones / por Julio Verne. -- 4a. ed. / edición
Gabriel Silva Rincón. -- Santafé de Bogotá : Panamericana Editorial,
1999.

    172 p. : música ; 21 cm.

    ISBN 978-958-30-0667-8

    1. Novela francesa 2. Vacaciones - Novela I. Silva Rincón, Gabriel,
ed. II. Tít.
843.8 cd 19 ed.
AGS9648

    CEP-Banco de la República-Biblioteca Luis Ángel Arango

Julio Verne

DOS AÑOS
DE VACACIONES

JULIO VERNE

DOS AÑOS
DE VACACIONES

VERSIÓN ABREVIADA DE
MARÍA ROSA DUHART

ILUSTRACIONES DE
ANDRÉS JULLIAN

PANAMERICANA
EDITORIAL

Editor
Panamericana Editorial Ltda.

Dirección editorial
Conrado Zuluaga

Edición
Gabriel Silva Rincón

Ilustraciones
Andrés Jullian

Diseño de carátula
Diego Martínez Celis

Octava reimpresión, agosto de 2008
Primera edición, Editorial Jurídica de Chile, Editorial Andrés Bello, febrero de 1996
Primera edición en Panamericana Editorial Ltda., febrero de 2000

© Editorial Jurídica de Chile, Editorial Andrés Bello
© Panamericana Editorial Ltda.
Calle 12 No. 34-20, Tels.: (57 1) 3603077 - 2770100
Fax: (57 1) 2373805
Correo electrónico: panaedit@panamericana.com.co
www.panamericanaeditorial.com
Bogotá D. C., Colombia

ISBN 978-958-30-0667-8

Impreso por Panamericana Formas e Impresos S. A.
Calle 65 No. 95-28, Tels.: (57 1) 4302110 - 4300355
Fax: (57 1) 2763008
Bogotá D. C., Colombia
Quien sólo actúa como impresor.

Impreso en Colombia   Printed in Colombia

ÍNDICE

Capítulo I

ABANDONADOS EN MEDIO DEL MAR

Durante la noche del 9 de marzo de 1860, las nubes, confundiéndose con el mar, no permitían ver más allá de algunas brazas.

En aquel mar furioso, un buque ligero huía casi sin velas. Era un *schooner,* como llaman a las goletas en Inglaterra, de cien toneladas, denominado *Sloughi.*

Eran las once de la noche. Los primeros albores no se dejarían ver hasta las cinco de la madrugada. ¿Pero serían acaso menores los peligros que amenazaban al *Sloughi* cuando alumbrase el Sol? ¿No estaría la débil nave a merced de las olas cada vez más embravecidas?

En la popa del *Sloughi,* y al lado del timón, se hallaban cuatro muchachos, uno de catorce años, dos de trece y un grumete de raza negra, que contaba apenas doce. Los pobres niños unían sus fuerzas para impedir que las olas golpearan la nave de costado y la hicieran zozobrar. Era un trabajo muy rudo, porque la rueda del timón giraba a pesar de los esfuerzos que hacían para dominarla y podía en cualquier momento lanzarlos al mar. Un poco antes de las doce arreciaron tanto las olas, que puede considerarse un milagro que no se rompiera el timón. Un golpe muy fuerte derribó a los pequeños marineros.

–¿Sirve todavía el timón? –preguntó uno de ellos poniéndose de pie.

–Sí, Dick –respondió otro muchacho, llamado Luis Briant, que había vuelto a ocupar su sitio y conservaba toda su sangre fría.

Luego dirigiéndose al tercero, dijo:

–Agárrate fuerte, Robert, y procura no acobardarte. Tenemos que salvar a los demás.

Estas frases fueron dichas en inglés, mas el acento de Luis daba a conocer su origen francés.

Éste se volvió al grumete.

–¿Estás herido, Mokó?

–No, señor Briant; pero procuremos mantener el buque dando la popa a las olas, si no queremos irnos a pique.

En este momento se abrió la escotilla que daba paso al salón del *schooner*, y dos cabecitas aparecieron al nivel del puente. Al mismo tiempo se oyeron los ladridos de un perro, que no tardó en dejarse ver también.

–¡Luis! ¡Luis! –exclamó un niño como de unos nueve años–. ¿Qué sucede?

–Nada, Francis, nada –replicó Luis–. Baja otra vez con Tom. ¡Pronto, pronto!

–¡Es que tenemos mucho miedo! –añadió el otro más pequeño.

–¿Y los demás? –preguntó Robert.

–¡Los demás también están asustados! –replicó Tom.

–Vamos, vuelvan abajo –dijo Luis–; enciérrense, tápense la cabeza con la sábana, cierren los ojos, y así no tendrán miedo. No hay peligro alguno.

–¡Atención! ¡Otra ola! –exclamó Mokó.

Y se sintió un violento choque en la popa.

–¡Vuelvan adentro, por los mil rayos! –gritó Dick–; ¡vuelvan, si no quieren que los castigue!

–Vamos, niños, márchense –volvió a repetir Luis con más dulzura.

Las dos cabecitas desaparecieron; mas en aquel momento, otro muchacho que acababa de subir, preguntó:

–¿No nos necesitas, Luis?

–No, Nick; Peter, James, Mark, George y tú, quédense con los pequeños. Bastamos aquí los cuatro.

Nick volvió a cerrar por dentro.

"Los demás también están asustados", había dicho Tom.

Pero, ¿es que no viajaban más que niños en aquella goleta llevada por el huracán? ¿No había ningún marino que la gobernara en medio de aquella tormenta? ¡No, sólo había niños! ¿Y cuántos? Eran quince, contando a Dick Gordon, Luis Briant, Robert Doniphan y Mokó, el grumete que ya conocemos. Pero, ¿qué sucedía?, ¿por qué se encontraban solos? Ya lo sabremos.

Con tal personal, no es de extrañar que nadie a bordo pudiera decir la posición exacta del *Sloughi* en medio de ese océano... ¡Y qué océano! El más grande de todos, el Pacífico, que tiene dos mil leguas de anchura

desde Australia y Nueva Zelandia hasta el litoral sud-
americano. ¿Qué catástrofe había hecho desaparecer la
tripulación indispensable para maniobrar el buque?,
¿de dónde venían? ¿Desde cuándo estaban en el mar?,
¿cuál era su rumbo?

Luis y sus compañeros procuraban, por todos los medios a su alcance, que el *schooner* no se diera vuelta.

–¿Qué hacemos? –dijo Robert.

–¡Todo lo que sea posible para salvarnos, con la ayuda de Dios! –respondió Luis con serenidad admirable.

Eran muy pocas las esperanzas de salvación. La tempestad arreciaba y el huracán crecía en intensidad,
amenazando a cada instante con hundir la embarcación, privada hacía cuarenta y ocho horas de su palo
mayor y sin poder izar ninguna vela. Quedaba sólo la
vela de mesana pronta a desgarrarse también, pues
los pobres muchachos no habían tenido la suficiente
fuerza para quitar el último rizo. Si esa vela se rompía
sería imposible que la goleta hiciera frente al viento,
se iría a pique y sus pasajeros desaparecerían con ella
en el terrible abismo.

No se veía al este ni una isla ni un continente. Un litoral
cualquiera, con sus escollos, rompientes, rocas, era preferible a ese océano pronto a abrirse bajo sus pies. Los
pobres muchachos miraban el horizonte, esperando
ver alguna luz que los guiara. ¡Vana esperanza!

De repente, hacia la una de la madrugada, un ruido espantoso dominó el silbido del huracán.

–¡El palo de mesana se ha roto! –exclamó Robert.

–No –respondió el grumete–. Es la vela que se ha
soltado de las relingas.

–Hay que arrancarla –dijo Luis–. Dick, ponte al timón con Robert; y tú, Mokó, ven a ayudarme.

El negrito, como era grumete, tenía algunas nociones de náutica, de las que no carecía tampoco Luis, pues había atravesado ya el Atlántico y el Pacífico en un viaje de Europa a Oceanía, en el que se familiarizó un tanto con las maniobras. Esto explica por qué los otros, que no sabían nada de navegación, habían confiado a Luis y a Mokó la dirección de la embarcación.

En un instante ambos muchachos corrieron valerosos hacia la proa, pues era menester a toda costa desembarazarse de la mesana para evitar que la embarcación cayera de costado. Luis y Mokó dieron pruebas de una notable destreza. Lograron conservar un reducido velamen con el cual el buque pudo conservar el rumbo y se reunieron con Dick y Robert para ayudarlos a gobernar la nave.

La puerta de la escotilla se abrió por segunda vez y dejó ver una cara infantil. Era Santiago, hermano de Luis, tres años menor que él.

–¡Ven! –llamó el niño–. ¡Hay agua hasta en el salón!

Luis se precipitó escalera abajo. El salón estaba débilmente alumbrado por una lámpara, lo que permitía distinguir a una docena de niños tendidos en los divanes o en las camitas del *Sloughi*. Los más pequeños (de ocho y nueve años), apretados unos contra otros, estaban espantados.

–¡No hay peligro! –les dijo Luis–. ¡Estamos nosotros aquí! ¡No tengan miedo!

Había comprobado que el agua provenía de las olas y que se filtraba por las rendijas de la toldilla del camarote de la tripulación. No había ningún peligro por ese lado. El buque sólidamente construido, no hacía agua todavía y podía resistir el embate de las olas.

La noche era cada vez más oscura; la borrasca se desencadenaba con atronadora violencia, y el buque navegaba con sin igual velocidad, saludado por las gaviotas con gritos agudos que rasgaban los aires. ¿Sería señal de tierra la presencia de estas aves? No, no lo era, pues a veces se las encuentra a varios centenares de leguas de la costa.

Una hora más tarde, lo que aún quedaba de la vela de mesana acabó de desgarrarse, perdiéndose en el espacio.

–¡Ya no tenemos velas! –exclamó Robert–, y es imposible colocar otra.

–¡Cuidado con las olas que amenazan por la popa! Debemos atarnos si no queremos que esas olas nos arrastren –dijo Mokó.

Apenas había concluido el grumete de pronunciar estas palabras, cuando una gran masa de agua cayó sobre el puente. Luis, Robert y Dick fueron despedidos contra la toldilla a la que se agarraron; pero el pobre Mokó desapareció en aquella masa líquida que arrastró dos canoas, una chalupa, algunos otros objetos y la cubierta de la brújula.

–¡Mokó! ¡Mokó! –exclamó Luis, cuando pudo hablar.

–¿Se habrá caído al mar? –preguntó Robert.

–No, no se le ve –dijo Dick con la vista clavada en las aguas.

–Hay que salvarlo. Lancemos una cuerda por si acaso –dijo Luis.

Y con una voz que retumbó con fuerza gritó de nuevo:

–¡Mokó! ¡Mokó!

–¡Aquí! ¡Aquí! –respondió el grumete.

–No está en el agua –dijo Dick–, su voz se oye hacia la proa.

–¡Salvémoslo! –gritó Luis, avanzando a gatas y procurando no escurrirse a causa del vaivén en ese puente resbaladizo.

La voz del grumete se dejó oír otra vez y luego todo quedó en silencio. Después de mucho esfuerzo, Luis llegó a la toldilla de la tripulación. Llamó sin obtener respuesta. ¿Se llevaría el mar a Mokó después de su último grito? De pronto Luis escuchó un nuevo grito más débil. Se precipitó hacia el hueco del montante en que se empotraba el pie del bauprés. Allí, buscando a tientas, encontró un cuerpo que se movía. Era el grumete atrapado en el ángulo que formaba el empavesado al unirse con la proa. Una driza le rodeaba la garganta exponiéndolo a morir estrangulado.

Luis cortó con su cuchillo la cuerda que asfixiaba al grumete y lo llevó hacia la popa.

–¡Gracias, señor Briant, gracias! –exclamó Mokó al recuperar las fuerzas para hablar.

Y volvió a colocarse al timón, donde los cuatro se amarraron para resistir las enormes olas que amenazaban al *Sloughi*.

Hacia las cinco de la mañana una luz se dejó ver; mas por desgracia la niebla limitaba la vista a menos de un cuarto de milla. Las nubes corrían con una velocidad increíble. El huracán no había perdido nada de su fuerza, y el mar desaparecía bajo la espuma que producían las olas al romperse. La goleta, tan pronto levantada en la cima de una ola como hundida, al parecer, en el fondo del abismo, habría zozobrado veinte veces si el viento no la hubiera agarrado de costado. De pronto Mokó gritó:

–¡Tierra! ¡Tierra! ¡Tierra al este!

E indicaba un punto del horizonte.

–¡Sí, es la tierra... la tierra! –exclamó Luis.

–¡Y una tierra muy baja! –añadió Dick, que acababa de observar con más atención el litoral.

No había duda. La bruma empezaba a aclarar y les permitía ver tierra, un continente o una isla, que se dibujaba a unas seis millas en una ancha parte del horizonte. Con la dirección que llevaba, el *Sloughi* estaría allí en menos de una hora, con el peligro de destrozarse contra las rocas. Pero los pobres muchachos no pensaban en tal riesgo. Esa tierra les parecía la salvación.

El viento comenzó a soplar con más violencia y el *Sloughi*, llevado como una pluma, se precipitó hacia la costa, donde se veía un acantilado de no más de doscientos pies y una playa amarillenta cerrada a la derecha por masas que parecían pertenecer a bosques del interior.

Luis pensó que más valía que todos sus compañeros estuvieran sobre el puente para el momento en que el buque encallara. Se asomó por la escotilla y gritó:

–¡Arriba todo el mundo!

En el acto el perro se lanzó fuera, seguido de unos diez niños. Los más pequeños gritaban asustados al ver las olas.

Un poco antes de las seis de la mañana el *Sloughi* alcanzó las rompientes.

—¡Sujétense! ¡Sujétense! —exclamó Luis.

Seguramente el buque iba a destrozarse contra los arrecifes.

Se sintió una violenta sacudida. Levantada por una ola, la embarcación fue lanzada unos cincuenta pies hacia adelante sin tocar las rocas, cuyas puntas sobresalían por todos lados. Luego se inclinó sobre babor y quedó inmóvil en medio del hervor de las aguas.

Ya no estaba en alta mar, mas le faltaba un cuarto de milla para llegar a la playa.

Las nubes corrían con extrema rapidez y la borrasca no perdía nada de su furia, lo que hacía pensar que acabaría pronto. Esto tranquilizaba un poco a esos pobres niños que, protegiéndose unos con otros, se creían perdidos sin remedio. Los choques eran bastante rudos; el *Sloughi*, que no podía evitarlos, se estremecía hasta la quilla; sin embargo, no había recibido gran daño al avanzar entre las rocas y no hacía agua por ninguna parte. Luis y Dick tranquilizaban a sus compañeros, diciéndoles:

—¡No tengan miedo! ¡El *Sloughi* es muy sólido! ¡La costa no está lejos! Esperemos y procuremos llegar a la playa.

—¿Y por qué esperar? —preguntó Robert.

—Sí, ¿por qué? —añadió otro niño de unos doce años, llamado George Wilcox—. Robert tiene razón, ¿por qué tenemos que esperar?

—Porque el mar está muy revuelto aún y pereceríamos en medio de las rocas —respondió Luis.

–¿Y si el buque se abre? –repuso un tercero llamado James Webb y de la misma edad de George.

–No creo que eso pueda suceder –replicó Luis–, al menos por ahora, mientras baje la marea. Después de que haya bajado, y mientras lo permita el viento, nos ocuparemos del salvamento.

Luis tenía razón. Era más conveniente esperar algunas horas; también era posible que el reflujo dejara en seco parte de los arrecifes, lo que haría más fácil la travesía de los quinientos metros que separaban al *Sloughi* de la playa.

No obstante, por más que el consejo fuese bueno, Robert y otros dos o tres más no parecían dispuestos a marchar de acuerdo con Luis pues bastaba que éste fuese francés para que los demás, todos ingleses, no quisieran ser mandados por él, especialmente Robert que se creía superior a todos en instrucción e inteligencia.

Sin embargo, mirando el mar lleno de remolinos y surcado de corrientes contrarias, se rindieron ante la evidencia y volvieron a popa con los demás.

Luis decía en ese momento que no se separaran, que tenían que estar todos unidos.

–¡No pretenderás imponernos la ley! –exclamó Robert al oírlo.

–Nada pretendo –respondió Luis–, pero es preciso que obremos con completo acuerdo para la salvación de todos.

–Luis tiene razón –añadió Dick, muchacho frío y serio que no hablaba jamás sin reflexionar.

–¡Sí... sí! –exclamaron algunos de los pequeños, a quienes un secreto instinto impulsaba a confiar en Luis.

Robert no replicó, pero sus compañeros y él persistieron en quedarse apartados de los demás, esperando la hora de proceder al salvamento.

Pero, ¿qué tierra era aquella? ¿Pertenecía a alguna isla del Pacífico o a un continente? Si fuera una isla, ¿cómo podrían abandonarla si no lograban volver a poner el buque a flote? Y si no estuviese habitada, ¿cómo sobrevivirían? Si fuere continente, dado que no podía ser otro que el de América del Sur, las probabilidades de salvación serían mayores, porque costeando el territorio tarde o temprano hallarían auxilio, si bien es verdad que en aquel litoral cercano a las pampas, muchos malos encuentros eran de temer.

Luis pudo distinguir perfectamente la playa, el acantilado y algunos árboles agrupados en su base, así como la desembocadura de un río a la derecha de la ribera. El aspecto de aquella costa no tenía ningún atractivo. No parecía que hubiese habitantes pues no se veía casa ni choza alguna. Los indígenas, si los había, residían tal vez en el interior.

–¡No veo rastros de humo ni embarcaciones! –dijo Luis, bajando el anteojo.

A eso de las siete, al observar que la marea se retiraba lentamente, decidieron prepararse a desembarcar, en caso de que el banco de arrecifes ofreciera un paso adecuado. Reunieron todas las provisiones que había a bordo, que eran bastantes, y las empaquetaron para ser transportadas por los mayores.

Luis y Dick fijaron toda su atención en el mar. Al cambiar el viento, se acentuaba la calma y las aguas descendían a lo largo de las puntas de las rocas, lo que influía en el *Sloughi* que se inclinaba más hacia babor, haciendo temer que se volcara sobre el costado.

De pronto oyeron voces desde proa. Nick acababa de encontrar una canoa que se creía perdida. Tenía capacidad para unas seis personas y se podría utilizar en caso de que fuera imposible hacerlo a pie. Pero Robert, George, James y Peter se preparaban ya para lanzarla al mar.

–¿Qué hacen? –les preguntó Luis.

–Lo que nos convenga –respondió George.

–¿Se van a embarcar en esa canoa?

–Sí –replicó Robert–, y no serás tú quien lo impida.

–Te equivocas –repuso Luis–, no sólo te lo impediré sino que me ayudarán los compañeros a quienes quieres abandonar.

–¡Abandonar dices! ¿Cómo lo sabes? –respondió Robert con arrogancia–. Yo no quiero abandonar a nadie, ¿lo oyes? Mi plan es que tan pronto lleguemos a la playa, uno de nosotros vuelva con la canoa.

–¿Y si no puede volver? –exclamó Luis conteniéndose a duras penas–. ¿Y si se hace pedazos en las rocas?

–¡Embarquémonos! ¡Embarquémonos! –dijo James Webb.

Y ayudado por Peter Cross y George Wilcox levantó la lanchita para botarla; pero Luis, cogiéndola por una de las puntas, dijo con energía:

–¡No embarcarán! La canoa debe reservarse para los más pequeños por si hay demasiada agua y no podemos llegar a la playa.

–¡Déjanos en paz! –exclamó Robert encolerizado–. No serás tú quien me lo impida.

–¡Te lo impediré, Robert!

Estaban a punto de irse a las manos, y la lucha hubiera sido general, porque cada uno tenía sus parciales: George, James y Peter de parte de Robert; Nick, Mark Service y David Garnett al lado de Luis.

Dick comprendió que una pelea tendría consecuencias tristísimas y convenció a Robert y a los demás de aguardar el momento favorable. También acataron su consejo de esperar hasta las once, como había calculado Mokó que sería el fin de la baja marea, para llegar a la costa.

Luego Luis se fue a proa y se puso a observar los arrecifes. ¡Con qué lentitud descendían las aguas! El viento norte impedía al mar bajar con el tiempo de calma. Y subsistía el peligro de que la marea baja no fuese suficiente para dejar en seco el banco de arrecifes. Si no abandonaban el *Sloughi* antes de la marea alta, estaban perdidos.

Luis trató valerosamente de tender un cable por las rocas, pero no lo logró.

Capítulo II

QUINCE NIÑOS NÁUFRAGOS

Y a eran más de las doce y la marea alta había comenzado. Las olas crecían. Nadie, seguramente, sobreviviría a tan funesto desenlace. Los pobres niños veían cómo desaparecían las puntas de las rocas bajo el agua. Las olas pronto cubrirían el puente del *Sloughi*. Sólo Dios podía ayudar a los infelices náufragos, que mezclaban sus oraciones con sus gritos de espanto.

Un poco antes de las dos el *schooner*, impulsado por la marea, no se apoyaba ya sobre babor; a consecuencia del vaivén, la proa chocaba con el fondo, mientras que la popa estaba aún empotrada entre dos rocas. Pronto los golpes redoblaron y el *Sloughi* caía tanto hacia babor como hacia estribor, teniendo los niños que sujetarse unos con otros para no ser arrojados al mar.

En ese momento, una montaña de agua espumosa cubrió por completo el banco de arrecifes, levantó la nave y la arrastró por encima de las rocas, sin que ninguna la tocara. El *Sloughi*, llevado hasta la mitad de la playa, chocó contra un montón de arena a doscientos pasos de los primeros árboles y quedó inmóvil, pero en tierra firme esta vez, mientras que el mar, retirándose, dejaba la playa enteramente libre.

En aquella época, el Colegio Chairman era uno de los de más fama de la ciudad de Auckland, capital de Nueva Zelandia, importante colonia inglesa en el Pacífico. El colegio contaba con un centenar de alumnos pertenecientes a las principales familias del país sin que los maoríes, que son los indígenas de ese archipiélago, hubieran conseguido jamás que admitieran en él a sus hijos, quienes se educaban en escuelas destinadas especialmente para ellos. El alumnado del Chairman se componía de jóvenes ingleses, franceses, americanos y alemanes, hijos de propietarios, rentistas, comerciantes o empleados. Recibían allí una educación completísima y en todo igual a la que se daba en establecimientos similares del Reino Unido.

En la tarde del 15 de febrero de 1860 salían de este colegio unos cien muchachos que parecían pájaros escapados de sus jaulas por su alegría y algazara. Y no podía ser menos. Comenzaban las vacaciones. ¡Dos meses de independencia y libertad! Para algunos existía además la posibilidad de un viaje marítimo, del que se hablaba hacía tiempo en el colegio. El viaje se realizaría a bordo del *Sloughi* y recorrería las costas de Nueva Zelandia.

El bonito *schooner*, propiedad del padre de uno de los alumnos, William H. Garnett, había sido fletado y equipado para un período de seis semanas. Las edades de los jóvenes que tomarían parte en la expedición fluctuaban entre los ocho y catorce años. Esos pobres muchachos, incluso el grumete, iban a verse lanzados lejos, durante mucho tiempo, en terribles aventuras, y conviene que conozcamos sus nombres, sus edades, sus aptitudes, sus caracteres, la posición de sus familias.

Exceptuando a Luis y Santiago, los dos hermanos Briant que eran franceses, y a Dick Gordon, americano, todos los demás eran de origen inglés.

Robert Doniplan y Peter Cross pertenecían a una rica familia de propietarios que ocupaba el primer rango en la sociedad de Nueva Zelandia. Ambos, de trece años y algunos meses, eran primos y estaban en quinto grado. Robert, elegante y cuidadoso de su persona, era, sin lugar a dudas, el alumno más distinguido. Cierto aire aristocrático le valía el apodo de "lord Doniplan", y su carácter altivo lo impulsaba a querer dominar a todos; de allí procedía la rivalidad con Luis.

En cuanto a Peter Cross, era un alumno bastante mediocre, pero lleno de admiración por todo lo que pensaba, decía y hacía su primo Robert.

Nick Baxter, de la misma clase, de trece años, de carácter frío y reservado, reflexivo, trabajador, muy ingenioso y con mucha destreza, era hijo de un comerciante de mediana fortuna.

James Webb y George Wilcox tenían doce años y medio y pertenecían a cuarto grado. Eran de inteligencia menos que mediana, voluntariosos y amigos de querellas. Sus familias, muy ricas, ocupaban un puesto elevado en la magistratura del país.

Dan Garnett y su amigo Mark Service, los dos de tercer grado y ambos de doce años, eran hijos, el uno de un capitán de marina retirado, y el otro de un colono acomodado. Las dos familias se profesaban una profunda amistad y los niños se habían hecho inseparables. Tenían muy buen corazón, pero poco afán por el trabajo y no pensaban más que en divertirse. Dan, apasionado por el acordeón, había tenido buen cuidado en llevarlo a bordo. En cuanto a Mark, podemos asegurar que era el más alegre y travieso de todos; no soñaba sino con aventuras de viajes, y alimentaba su espíritu con el *Robinson Crusoe* y el *Robinson Suizo*, que se sabía de memoria.

Otros dos muchachos de nueve años, Bill Jenkins, hijo del director de una sociedad científica, y Francis Iverson, hijo del pastor de la iglesia metropolitana de San Pablo, aunque sólo pertenecían al segundo y tercer grado, eran considerados los más aplicados.

Dos pequeñuelos, Tom Dole, de ocho años y medio, y Jack Costar, de ocho, eran hijos de oficiales del ejército anglo-zelandés. Tom era muy terco y Jack muy goloso. Si bien no brillaban en el primer grado, creían estar muy adelantados porque sabían leer y escribir, cosa no rara a su edad.

Dick era americano y tenía catorce años; su rostro y su porte llevaban ya el sello de la rigidez de los yanquis. Aunque algo torpe y pesado, era el más serio de los alumnos de quinto grado. Poseía un espíritu justo y un buen sentido práctico. Observador, frío y metódico. Sus compañeros lo estimaban, apreciaban sus cualidades y, aunque no era inglés, siempre era bien acogido.

Había nacido en Boston, su padre y su madre habían muerto, y no tenía más parientes que su tutor, antiguo agente consular.

Los dos franceses, Luis y su hermano Santiago, eran hijos de un distinguido ingeniero que se había instalado hacía dos años y medio en Nueva Zelandia. El mayor tenía trece años; era poco amante del estudio, aunque muy inteligente; muchas veces era uno de los últimos de la clase. Sin embargo, cuando quería, con su facilidad de asimilación y su notable memoria, se elevaba al primer lugar, con lo que provocaba la envidia de Robert. Por este motivo no estaban en buena amistad, como ya hemos visto en el *Sloughi*. Además, Luis era audaz, emprendedor, diestro en los ejercicios corporales, vivo en las contestaciones, servicial, buen muchacho, sin nada del orgullo de Robert Doniplan y algo descuidado de su persona; en una palabra, muy francés, y por tanto muy diferente de sus compañeros de origen inglés. Era generalmente querido, y por eso cuando se trató de la dirección del *Sloughi*, la mayoría de sus compañeros no titubeó en obedecerle.

Santiago era considerado el más travieso del tercer grado. Inventaba siempre nuevas diabluras y no dejaba en paz a ninguno de sus compañeros; sin embargo, su carácter, como tendremos ocasión de ver, se había modificado totalmente, sin que se supiera por qué, desde la salida de la goleta de Auckland.

Ya conocemos a cada uno de los muchachos que la tempestad acababa de arrojar a una de las tierras del Pacífico.

Durante esta travesía, el *Sloughi* sería comandado por su dueño, el padre de Dan Garnett, uno de los más atrevidos veleristas de Australia. La tripulación se componía de un contramaestre y seis marineros, un cocinero y un grumete, Mokó, negrito de unos doce años. Tenemos también que hacer mención de Turpin, hermoso perro de caza que pertenecía a Dick Gordon y que no dejaba nunca a su amo.

La marcha estaba fijada para el 15 de febrero y el *Sloughi* quedó bien amarrado en el puerto. En la noche del 14 los jóvenes pasajeros se embarcaron. La tripulación no se encontraba a bordo. El capitán Garnett debía llegar en el momento de aparejar. El contramaestre, luego de instalar a los niños, bajó a tierra a beber con su tripulación. ¡Falta imperdonable! A bordo sólo estaba el grumete, quien se quedó dormido.

Nadie sabe cómo, la amarra se cortó y el *schooner*, empujado por una corriente de reflujo, fue llevado a alta mar, en medio de la oscuridad de la noche.

Al despertar, Mokó se apresuró a subir a la toldilla. ¡El buque seguía la corriente! A sus gritos, Dick, Robert, Luis y algunos otros saltaron de la cama, lanzándose fuera. No se veía ya ni una luz del puerto. La nave estuvo pronto a varios kilómetros de Nueva Zelandia.

Al amanecer, la inmensidad del mar estaba desierta. En vano quisieron maniobrar para llevar el buque a los parajes neozelandeses, pero les faltaban conocimientos y fuerza para orientar las velas.

De repente divisaron una luz a una distancia de tres millas. Esta luz, colocada en el extremo de un mástil, era el distintivo de los vapores en marcha. Éste se dirigía en línea recta hacia la goleta. Los pobres muchachos gritaban en vano; el ruido de las olas, el silbido del vapor al salir por los tubos de escape, y el viento, más violento cada vez, contribuían a que las voces de los niños se perdieran en el espacio.

Algunos segundos después, la goleta fue chocada por la popa, no sufriendo más avería que la pérdida de parte del cuadro, sin perjudicar el casco. El golpe fue tan débil que los tripulantes del buque no lo notaron y continuaron su ruta sin preocuparse del *Sloughi*, que quedaba a merced de una próxima borrasca.

En aquel momento crítico, Luis desplegó una energía muy superior a su edad y empezó a tomar ascendiente sobre sus compañeros. Velaba noche y día buscando la salvación, sin dejar de echar al mar algunas botellas con documentos relativos al *Sloughi*. Los vientos del oeste empujaban siempre al buque a través del Pacífico, sin que fuera posible torcer su marcha ni disminuir su velocidad.

Algunos días después de que el *Sloughi* salió del golfo de Hauraki, se levantó una recia tempestad, que durante dos semanas aumentó extraordinariamente su ímpetu y que dio por resultado que la embarcación, asaltada por olas monstruosas y expuesta muchas veces al peligro de destrozarse, encallara en una tierra desconocida del Pacífico.

Y ahora, ¿cuál sería la suerte de esos colegiales náufragos, a más de cinco mil kilómetros de Nueva Zelandia? ¿Cómo les llegaría algún socorro? Sus familias no los buscarían pues los creerían ahogados. En efecto, tan pronto como en Auckland advirtieron la desaparición del *Sloughi*, el capitán Garnett envió dos vaporcitos para auxiliar a la goleta. Pero volvieron con los restos del cuadro de popa caídos al mar. En aquellos restos se leían aun tres o cuatro letras del nombre *Sloughi*. La pérdida, pues, era segura. El buque se había hundido a unas doce millas de Nueva Zelandia.

Hacía a lo menos una hora que el *Sloughi* yacía en su lecho de arena. En la playa no se encontraba la menor señal que diera a conocer la presencia del hombre.

Luis y Dick fueron hasta el límite de los árboles que surgían en línea oblicua entre el acantilado y la orilla derecha del río. Era un bosque completamente virgen. Añosos troncos vencidos por el paso del tiempo yacían en el suelo, y los dos niños se hundían hasta la rodilla en la alfombra de hojas caídas. Los pájaros huían como si hubiesen aprendido a desconfiar de los hombres, y esto hacía pensar que si aquella costa no estaba habitada, la visitaban ciertamente indígenas de algún territorio próximo. En diez minutos los muchachos atravesaron el bosque. Durante media hora caminaron hacia el sur y llegaron a la margen derecha del río, que recibía la sombra de hermosos árboles. La margen izquierda, en cambio, parecía un vasto pantano. Pretendían subir al acantilado en busca de alguna cueva que les sirviera de vivienda, pero no lo lograron.

Convinieron con los demás en no abandonar la embarcación que podía convertirse en un albergue provisional, pues si bien tenía algunos desperfectos y se hallaba inclinada a babor, el salón y los camarotes ofrecían suficiente abrigo en caso de tormenta. La cocina no había experimentado el más mínimo daño, para alegría de los pequeñuelos, a quienes la cuestión de las comidas interesaba en alto grado. Mokó, que entendía algo de cocina, ayudado por Mark, a quien le gustaba guisar, preparó la comida y calmó el gran apetito de todos. Los más pequeños se entregaron a la alegría y a los juegos propios de su edad. Sólo Santiago, antes el diablillo del colegio, continuó triste y apartado de sus compañeros, ante la gran sorpresa de los demás.

Después, todos cansadísimos, no pensaron más que en dormir. Sin embargo, Luis, Dick y Robert Doniplan velaron algunas horas cada uno por temor a las fieras. Pero la noche pasó sin alarma y, cuando salió el sol, dieron gracias a Dios con una oración, y luego se dedicaron a hacer un inventario de las provisiones, armas, instrumentos y demás útiles que poseían.

–¡Con tal que las conservas no estén descompuestas! –exclamó Nick.

–Podríamos ir a pescar –propuso James–. Hay cañas a bordo y peces en el mar.

–Podríamos recoger algunos mariscos para almorzar –sugirió Mark–. ¿Quién quiere ir?

–¡Yo... yo! –gritaron a coro Tom y Jack.

–Está bien –respondió Dick–. Vayan tres o cuatro de los pequeños. Acompáñalos, Mokó.

–¡Cuídalos bien! –añadió Luis.

–No teman.

El grumete era un muchacho en quien se podía confiar, muy servicial, diestro y valeroso y estaba llamado a prestar grandes servicios a los náufragos. Era muy adicto a Luis, quien no ocultaba su simpatía por él.

Cuando se alejaron los niños, los mayores emprendieron la tarea del inventario.

Había gran cantidad de armas; objetos de tocador y utensilios culinarios; suficiente vajilla; enorme variedad de ropa de abrigo y de cama; gran provisión de fósforos. La biblioteca contenía algunas buenas obras inglesas y francesas. Y tampoco faltaba nada para escribir, y un calendario del año 1860, en el que Nick fue encargado de tachar los días a medida que pasaban.

–¡Es el 10 de marzo el día en que nuestro pobre *Sloughi* fue arrojado sobre la costa! Lo borro, entonces.

Hallaron igualmente una suma de quinientas libras en oro en la caja del buque. ¡Quién sabe si ese dinero serviría para que los náufragos, si encontraban algún puerto, pudieran volver a su patria!

Los pequeños, guiados por Mokó, volvieron con una buena provisión de moluscos. Habían visto muchas palomas que anidaban en los huecos del acantilado.

–Si Robert quiere cazar mañana... –propuso Dick.

–Me interesa –contestó éste–. James, Peter y George vendrán conmigo.

–Sin embargo –observó Luis–, les recomiendo que no maten demasiadas aves; cuando nos hagan falta ya sabremos buscarlas. Es importante que no se desperdicie el plomo y la pólvora.

–¡Bueno...! –respondió Robert, poco amigo de observaciones, y menos si venían de parte de Luis–. No es la primera vez que cazo y no necesito consejos.

La tarde se empleó en diversos trabajos, en tanto Bill y los demás niños pequeños se ocuparon en pescar en el río. Más tarde cenaron y se fueron a dormir, y quedaron Nick y George de guardia hasta el amanecer.

Así pasó la segunda noche en aquella tierra del Pacífico, desconocida y, al parecer, no habitada.

Capítulo III

PRIMERA EXCURSIÓN CON RESULTADOS POCO ALENTADORES

I sla o continente? Esa era siempre la cuestión más grave que preocupaba a Luis, Dick y Robert. En todo caso, era indudable que no se trataba de una zona tropical; se notaba en su vegetación, compuesta de robles, abedules, hayas, alisos y pinos. Temían que el invierno fuese en extremo riguroso.

–Me parece prudente –dijo Dick Gordon– no instalarnos en esta parte de la costa definitivamente.

–Ese es también mi parecer –dijo Robert–. Si esperamos la estación de los fríos será demasiado tarde para llegar a algún sitio habitado.

–Sí, pero ojalá estemos en un continente –dijo Luis–, y no en una isla, y menos en una isla desierta.

–Así pues –repuso Dick–, es preciso saber a qué atenerse.

–Lástima –observó Luis–, que no haya una colina bastante elevada desde la que se pueda examinar el territorio. No aparece por aquí más altura que ese acantilado que se eleva detrás de la playa. Pero me parece que subiendo al cabo que cierra la bahía por el norte, se vería más lejos. Me ofrezco a ir.

La excursión no pudo emprenderse en los cinco días siguientes, porque el tiempo se puso nebuloso, cayendo de vez en cuando una lluvia muy fina. Como la temperatura tenía tendencia a bajar, Luis, que velaba incesantemente por los niños, hizo que se pusieran ropas de más abrigo, que hubo que arreglar para ellos. Fue una obra de sastre, en que las tijeras trabajaron más que la aguja y para la que Mokó, que en su calidad de grumete sabía algo de costura, se mostró muy ingenioso. No es posible decir que Jack, Tom, Bill o Francis fueran elegantemente vestidos con esos anchos y largos pantalones, pero poco importaba, con tal de que estuvieran bien abrigados. Tampoco se les dejaba ociosos; iban a menudo a recoger mariscos en la bajamar o a pescar con redes o con cañas al río, cosa que era divertida para ellos y provechosa para todos.

¿Y qué era de Santiago Briant? Si bien ayudaba a su hermano en las diversas faenas, apenas respondía a las preguntas que se le dirigían. Esta actitud no dejaba de inspirar alguna inquietud a Luis. ¿Había cometido alguna grave falta que no se atrevía a confesar? Más de una vez sus ojos enrojecidos atestiguaban que acababa de llorar, y Luis, impresionado, se preguntaba si la salud de Santiago estaría en peligro.

Y finalmente el 15 de marzo el tiempo pareció favorable para el éxito de la excursión. Luis anunció a Dick que partiría al día siguiente al amanecer. Salió al despuntar el día llevando un instrumento que debía facilitar mucho su empresa: un catalejo de gran alcance.

Durante la primera hora, Luis anduvo con bastante rapidez, recorriendo la mitad del trayecto y, por tanto, de no presentarse ningún obstáculo, contaba con llegar al promontorio después de las ocho de la mañana. Pero a medida que el acantilado se acercaba a los arrecifes, el suelo ofrecía más dificultades, pues el camino arenoso era tanto más estrecho cuanto más avanzaba hacia las rompientes y allí el joven se vio reducido a aventurarse a través de un sinnúmero de rocas resbaladizas y de piedras movedizas, sobre las que no encontraba suficiente apoyo, lo que le ocasionó gran fatiga y un retraso de dos horas por lo menos.

Vio dos o tres parejas de focas, lo que le hizo comprender que aquella costa tenía una latitud más alta aún de lo que él creía, y que por consiguiente se hallaba más al sur que el archipiélago neozelandés.

La subida al promontorio fue sumamente penosa, y gracias a su agilidad logró, por fin, llegar hasta la punta, no sin haber evitado muchas veces caídas que hubieran sido mortales. Ya en lo alto, tomó el anteojo y dirigió la vista hacia el este. Aquella región era llana en todo lo que abarcaba la mirada. Era una superficie plana, cuyo radio podía calcularse en unas diez millas, y el mar parecía ser el límite de aquel territorio.

Al norte, nuestro intrépido explorador no distinguía el fin de esas tierras, y a lo lejos se divisaba un nuevo cabo, muy largo, formando una concavidad semejante a una inmensa playa arenosa, que traía a la mente la idea de un vasto desierto.

Al sur, la costa rodeaba un enorme pantano.

Al oeste el mar resplandecía bajo los rayos oblicuos del Sol. Eran ya las dos. A lo lejos divisó tres puntos negros, que en un comienzo tomó por buques, pero que al fijarse más notó, con gran decepción, que eran sólo tres islotes.

Quiso, sin embargo, echar una última ojeada al este pensando que tal vez la posición más oblicua del Sol le permitiese ver algún punto del territorio que no había atraído su atención. Y no se arrepintió de aquella buena idea, pues distinguió más allá de los bosques, de norte a sur, una línea azulada: ¡el mar!

No cabía duda, el *Sloughi* había encallado en una isla. Su corazón se encogió ante la idea de todas las vicisitudes que tendrían que sufrir.

Aquella misma noche, después de la cena, Briant dio cuenta a sus compañeros del resultado de la expedición: la tierra que les servía de refugio era una isla. Al este había visto una línea de agua y no había duda de que era el mar.

En principio los demás acogieron emocionados la nueva que su compañero les daba. ¡Estaban en una isla y carecían de todos los medios para salir de ella! No les quedaba más que esperar el paso de algún buque por aquellos parajes.

—Pero, ¿no te habrás equivocado, Luis? —preguntó Robert.

—¿No es posible que sean nubes y no el mar lo que viste? —añadió Peter.

—No —respondió Luis—, estoy seguro de no haberme equivocado. Lo que he visto al este es agua, verdadera agua.

—¿A qué distancia? —preguntó James.

—A unas seis millas del cabo.

—¿Y más allá —insistió James—, no hay montañas o colinas?

—No, sólo el cielo.

–Pues repito que puedes equivocarte –dijo Robert–, y que mientras no lo veamos nosotros mismos...

–Eso es lo que haremos –dijo Dick–, porque es preciso que sepamos a qué atenernos.

–No perdamos un momento –dijo Nick–, si queremos partir antes de que llegue el mal tiempo.

–Mañana mismo emprenderemos una excursión que ha de durar algunos días; es decir, si el tiempo sigue bueno, porque arriesgarse a través de los bosques en malas condiciones atmosféricas, sería una locura.

–Queda convenido, Dick –repuso Luis–, y cuando lleguemos al litoral opuesto de la isla...

–Si es una isla –exclamó Robert encogiéndose de hombros.

–Lo es –replicó Luis, con un gesto de impaciencia.

–¡No discutamos, por favor! –intervino Dick Gordon–. ¡Si aún somos niños, tratemos de portarnos como hombres! Nuestra situación es grave y una imprudencia podría agravarla más. No debemos aventurarnos todos por esos bosques. Los pequeños no pueden seguirnos y tampoco es conveniente dejarlos solos aquí. Que Robert y Luis hagan esta excursión, acompañados de otros dos.

–Yo –dijo George.

–Y yo también –exclamó Mark.

–Perfecto –respondió Dick–. Con cuatro basta. Si tardan demasiado, varios saldrán a buscarlos, mientras los demás nos quedamos aquí junto a la goleta.

Luis, comprendiendo la necesidad de comprobar lo que había visto, convino en que no existía otro medio que el de atravesar los bosques del centro para llegar al litoral opuesto. ¿No habría hacia el este otras islas, separadas sólo por un canal fácil de atravesar?

Pero un cambio brusco que sufrió el tiempo los obligó a aplazar el viaje. Una lluvia muy fría caía a intervalos, y el barómetro bajaba, indicando borrascas, de las que no se podía prever la duración. Hubiera sido pues una temeridad aventurarse en tales condiciones. Era necesario, por lo tanto, resignarse a permanecer durante la mala estación en el *Sloughi*.

Dick Gordon procuraba indagar en qué punto del océano habían naufragado, estudiando un gran mapa del Pacífico. Sólo encontraba hacia el norte las islas de Pascua y Juan Fernández. Hacia el este el mapa no señalaba más que el archipiélago de Chiloé o Madre de Dios, y más abajo las del estrecho de Magallanes y Tierra del Fuego, contra las que vienen a estrellarse las olas de los terribles mares del Cabo de Hornos. Era por tanto preciso obrar con extrema prudencia y no exponerse a perecer miserablemente.

El tiempo se hizo insoportable por las lluvias continuas y las borrascas que se desencadenaban con extrema violencia. Lo que más urgía era buscar un abrigo más seguro, porque ciertamente el buque no duraría mucho tiempo. Había que encontrar un lugar al abrigo de los vientos del mar y edificar, si era preciso, una vivienda bastante grande para aquella sociedad en miniatura.

Cuando el tiempo les concedía algunas horas de calma, Robert, James y George iban a cazar palomas, que Mokó procuraba condimentar de diversos modos, con más o menos éxito. Dan, Mark y Jack, los pequeños, y a veces Santiago, se ocupaban en pescar.

El 27 de marzo una importante captura dio lugar a un incidente cómico. Como había cesado de llover, los pequeños se dirigieron a pescar. Fuertes gritos se dejaron oír algún tiempo después. Dick, Luis y Mokó se lanzaron en dirección de los gritos, recorriendo en un momento los quinientos pasos que los separaban del río.

–¡Rápido! ¡Rápido! –gritaba Bill.

–¡Vengan a ver a Jack y su corcel! –exclamaba Francis.

–¡Más aprisa, Luis, más aprisa, si no se nos va a escapar! –repetía con impaciencia Bill.

–¡Basta! ¡Basta! ¡Bájenme! ¡Tengo miedo! –gritaba Jack haciendo gestos de desesperación.

–¡Arre! ¡Arre! –gritaba Tom, que de un salto se había instalado a la grupa de aquella enorme masa puesta en movimiento.

Aquella masa era una de esas grandes tortugas que se encuentran algunas veces dormidas en la superficie del mar. Sorprendida en la playa por nuestros infantiles viajeros, la que montaba Jack procuraba volver a su natural elemento.

Después de haberle pasado una cuerda alrededor del cuello, que tenía fuera de la concha, los niños procuraban en vano detener al vigoroso quelonio. Este continuaba avanzando, y si bien no lo hacía muy de prisa, tiraba con bastante fuerza, arrastrándolos a todos. Fue entonces cuando el travieso Bill subió a Jack en la tortuga, mientras Tom colocado detrás sostenía al niño, que no cesaba de gritar pues el anfibio se acercaba cada vez más al mar.

–¡Sosténte, Jack! –dijo Dick.

–¡Y ten cuidado que no se desboque el caballo! –exclamó Mark.

Luis no pudo contener la risa. Era urgente, sin embargo, apoderarse del animal; era preciso capturarlo antes de que llegase al agua. Lograron con gran esfuerzo ponerla patas arriba y Luis, de un hachazo, le cortó la cabeza, operación bastante repugnante, pero los jóvenes náufragos empezaban ya a acostumbrarse a las necesidades de aquella vida. Ese día se convencieron de que el caldo de tortuga y su carne eran excelentes, y les permitía economizar las conservas.

El primero de abril el tiempo dio muestras de que no tardaría en mejorar. El barómetro subía con lentitud, y el viento venía de tierra adentro. Se acordó preparar lo necesario para la excursión tantas veces propuesta.

–Supongo –dijo Robert–, que nada nos impedirá partir mañana temprano.

–Así lo espero –respondió Luis–. Convenzamos en una cosa, Dick, y es que si no estuviésemos de vuelta a las cuarenta y ocho horas, no debes sentirte inquieto y has de procurar que los niños no se alarmen por nuestra ausencia. Llevaremos suficientes provisiones y municiones.

–Les recomiendo que no se limiten al examen del mar del este –dijo Dick–; es preciso también reconocer el otro lado del acantilado y buscar un sitio conveniente en donde podamos instalarnos.

El americano pensaba que su presencia hubiera sido útil entre Luis y Robert, pero no se atrevía a abandonar la goleta con el fin de velar por los pequeños.

En la víspera de la separación, todos sentían que sus corazones latían con más fuerza; sus miradas se dirigieron al cielo donde las constelaciones brillaban en el firmamento y pensaron en sus padres y en su país, que tal vez no volverían a ver más. Fue entonces cuando todos se arrodillaron ante la Cruz del Sur, como lo hubieran hecho al pie del crucifijo, y rogaron al Creador de aquellas celestes maravillas les concediese esperanza en su divina bondad.

Capítulo IV

ACLARANDO DUDAS Y UN MISTERIOSO HALLAZGO

 uis, Robert, George y Mark partieron a las siete de la mañana. El Sol, subiendo en el cielo sin nubes, anunciaba uno de esos hermosos días que el otoño ofrece algunas veces a los habitantes de la zonas templadas del hemisferio austral. Un cuarto de hora después de su marcha, los jóvenes, acompañados del inteligente Turpin, desaparecían bajo los árboles. Dick les había aconsejado que lo llevaran pues su instinto podría serles muy útil.

El plan de los exploradores consistía en seguir la base del acantilado hasta el cabo, situado al norte de la bahía, y si antes de llegar a su extremo no habían podido pasar, irían hacia la laguna señalada por Luis. Este itinerario, aunque no fuese el más corto, era el más seguro.

Al llegar a las rocas donde se habían detenido Briant y Gordon en su primera excursión, vieron que era imposible escalar la muralla. Robert, después de muchas tentativas para subir por las pendientes del talud, no puso objeción a la idea de Luis de buscar la subida más al norte.

Al cabo de unos cuantos kilómetros de caminata, escucharon los gritos de Mark, seguidos de los ladridos del perro. Se habían adelantado a los demás y se hallaban ante un derrumbamiento reciente ocurrido en aquella pétrea mole. Las paredes interiores formaban una pendiente por donde comenzaron a subir los muchachos. Llegaron arriba sin incidente alguno, teniendo Robert la satisfacción de ser el primero en pisar la cima de las rocas. En seguida sacó el anteojo y fijó su mirada en dirección al este.

–¿No ves nada? –preguntó George.

Robert le entregó el catalejo, pintándose en sus facciones una viva satisfacción.

–No veo nada de agua –dijo George.

–Será porque no la hay por ese lado. Puedes mirar, Luis, y supongo que reconocerás tu error.

–Es inútil, estoy seguro de no haberme equivocado.

–¡Vaya una terquedad! No vemos absolutamente nada, y...

–Es muy natural, puesto que esto tiene menos elevación que el promontorio, lo que disminuye el alcance visual. Si estuviéramos a la misma altura en que estaba yo situado, verías la línea azul a una distancia de seis o siete millas.

–Eso es muy fácil de decir –replicó George.

–Y no menos fácil de probar –repuso Luis–. Bajemos las rocas, atravesemos el bosque y marchemos en línea recta hasta que lleguemos.

–Bueno –dijo Robert–, aunque no sé si vale la pena...

–Quédate, Robert –respondió Luis, quien fiel a los consejos de Dick, se contenía.

–Iremos todos –dijo George.

–Cuando almorcemos –propuso Mark.

–De acuerdo –contestaron los otros.

Una vez terminada la comida, con el apetito y la alegría propios de la edad, se pusieron en marcha. Cuando hubieron recorrido la meseta superior, bajaron, con gran trabajo, por el lado opuesto del acantilado, casi tan elevado y empinado como el de la bahía.

Al llegar al bosque, la marcha se hizo más penosa. Eran las dos de la tarde cuando tuvieron que hacer una nueva parada en medio de un claro atravesado por un arroyo de aguas límpidas. Les llamaron la atención algunas piedras colocadas simétricamente en el lecho, una sobre otra.

–¡Parece una calzada! –exclamó Mark Service.

–No pudieron haberse colocado solas de ese modo tan exacto –opinó George.

–No –dijo Luis–, parece que se ha querido establecer un paso en este sitio del río.

Examinaron cuidadosamente cada uno de los grandes guijarros, terminando por concluir que, arrastrados por la corriente, se habían ido amontonando poco a poco, formando una barrera natural.

Se pusieron de nuevo en marcha, siguiendo el curso del arroyo, pero éste dobló de pronto hacia el norte, y tuvieron que abandonar su ribera para volver a internarse en lo más espeso de la selva, donde avanzaban penosamente entre las altas hierbas, y en muchos sitios necesitaban llamarse a cada instante para no extraviarse. Después de un día entero de marcha, nada indicaba la proximidad del mar. Luis experimentaba cierta inquietud.

A las siete de la tarde no habían alcanzado aún el límite del bosque, y la oscuridad era ya demasiado grande para que pudieran andar con seguridad. Luis y Robert acordaron hacer alto y pasar la noche bajo una espesa maleza, entre la cual salía un árbol de mediana altura, cuyas ramas caían hasta el suelo. Allí sobre un montón de hojas secas, se acostaron los cuatro y, después de envolverse en las mantas, no tardaron en quedarse profundamente dormidos, incluso Turpin, que debía velar por ellos.

Eran las siete de la mañana cuando todos despertaron. Mark fue el primero que salió del matorral, y un instante después empezó a gritar.

–¡Vengan! ¡Apresúrense! ¡Rápido!

–¿Qué te pasa? –preguntó Luis.

–¡Con esa manía que tienes, de gritar siempre, nos das unos sustos! –dijo a su vez George.

–¡Bueno! ¡Bueno! –replicó el vivaz muchacho–. ¡Tranquilícense y miren dónde hemos dormido!

No era un matorral; era una cabaña hecha con ramas. Esta choza debía ser muy antigua, pues su techo y paredes no se sostenían más que gracias al árbol, cuyas ramas la vestían. Era en todo igual a las que construyen los indígenas del sur de América.

–¿Habrá indígenas por aquí? –dijo Robert mirando en derredor.

–Si no los hay, los ha habido –repuso Luis–, porque esta cabaña no se ha hecho sola.

–Esto explica la existencia de la calzada del arroyo –observó George.

Los habitantes de aquel lugar del bosque podían ser indios si esa comarca pertenecía al Nuevo Continente, o polinesios, y tal vez caníbales, si fuera una isla de uno de los grupos de la Oceanía.

Robert registró minuciosamente la choza, que parecía abandonada desde hacía largo tiempo. El lecho de hojas secas fue revuelto con cuidado, y en un rincón Mark recogió un fragmento de barro cocido, que parecía ser un resto de taza. Nuevo indicio del trabajo del hombre, pero que no dilucidaba el problema.

Con la brújula en la mano, los muchachos emprendieron de nuevo su marcha hacia el este. Anduvieron durante dos horas en medio de altas hierbas y arbustos que dificultaban su marcha, teniendo que abrirse camino a hachazos. Por fin, un poco antes de las diez, divisaron el horizonte a través de los árboles.

Más allá del bosque se extendía una llanura tapizada de tomillos y helechos que terminaba en un banco de arena, lamido por las aguas de aquel mar que había visto Luis.

Robert callaba. Luis, que no quería humillarlo con su triunfo, no dijo nada, y examinó aquella región con el anteojo.

Ya no había que dudar, no era un continente sino una isla donde la tempestad había hecho encallar al *Sloughi,* y era preciso renunciar a toda esperanza de salir de allí, si el socorro no venía de fuera. Hicieron alto al pie del banco de arena, almorzaron cabizbajos, sin intercambiar palabra, y se dispusieron a emprender otra vez el camino del bosque, de regreso a la goleta.

En eso Turpin echó a correr hacia la playa.

—¡Turpin! ¡Ven aquí, Turpin! —gritó Mark.

Pero el animal siguió corriendo, olisqueando la húmeda arena. Luego, brincando en medio de las pequeñas olas de la resaca, se puso a beber con avidez.

—¡Está bebiendo! ¡Está bebiendo! —exclamó Robert.

En un instante atravesó la playa, y cogiendo un poco de aquella agua en el cuenco de la mano, se la llevó a los labios. ¡Era dulce!

Era, por lo tanto, un lago, y no el mar, como creían, lo que se extendía hasta el horizonte del este.

—Entonces hemos naufragado en un continente —dijo Luis—. El continente americano.

—Siempre lo he pensado así —respondió Robert—, y creo que no me equivoco.

Ahora era necesario ver si podían establecer el campamento general por el lado del lago. Para esto se imponía una nueva excursión, aunque ocasionase un retraso de uno o dos días. Como tenían provisiones suficientes, no titubearon en avanzar hacia el sur, costeando aquella inmensa laguna. Además, tal vez encontrarían otros indicios de algún náufrago que hubiese vivido por allí, como ellos, hasta llegar a alguna ciudad del continente, y esto bien merecía la pena de prolongar la excursión por esa costa. Como yendo hacia el sur se aproximaban al *Sloughi*, resolvieron avanzar en esa dirección.

Al atardecer hicieron alto, calculando que al día siguiente, de no surgir algún obstáculo, llegarían a Bahía Sloughi, nombre que dieron a aquella parte del litoral en que se perdió la goleta. Después de cenar, se tendieron al pie de un haya y se durmieron con tan profundo sueño que el trueno más fuerte no los hubiera despertado; por eso ni ellos ni Turpin oyeron unos ladridos bastante cercanos, que podían ser de chacales, ni aullidos más lejanos, que parecían ser de fieras.

Al día siguiente examinaron el terreno más allá del río.

–Es un pantano lo que se extiende al sur –dijo Luis–, y tan grande que no se alcanza a ver el fin.

–¡Miren –exclamó Robert–, cuántas aves revolotean en su superficie! Si pudiéramos instalarnos aquí para pasar el invierno, no nos faltaría caza.

–¿Y por qué no? –repuso Luis.

–¡Vengan a mirar aquí! –exclamó de pronto George.

Lo que llamaba su atención era un amontonamiento de piedras que formaban dique, colocadas de igual modo que las del arroyo.

–¡Ya no cabe duda! –dijo Luis.

–No –respondió Robert mostrando restos de madera en el extremo del dique.

Estos restos habían pertenecido al casco de una embarcación, y se veía, entre otros pedazos, uno medio podrido y cubierto de musgo del que pendía una argolla de hierro carcomida por la herrumbre.

Todos inmóviles miraban en derredor, creyendo que iba a aparecer el hombre que se había servido de aquella canoa y levantado aquel dique. Pero, ¡vana esperanza! Muchos años habían pasado desde que aquella embarcación había sido abandonada en la orilla del río.

Era de ver la emoción que se apoderó de los jóvenes ante tales testimonios de una presencia humana; emoción que aumentó cuando se fijaron en el singular modo de obrar del perro, que levantaba las orejas, agitaba con violencia el rabo y husmeaba el suelo.

–¡Algo olfateó! –dijo Robert, acercándose a Turpin.

Éste acababa de pararse, con una pata levantada y el cuello tendido, hasta que se lanzó hacia unos árboles agrupados al pie de las rocas próximas al lago.

Luis y sus compañeros lo siguieron, y algunos instantes después se detenían ante una vieja haya en cuya corteza estaban grabadas dos letras y una fecha.

F. B.

1807

Nuestros jóvenes expedicionarios se hubieran quedado mucho tiempo mudos e inmóviles si Turpin, ladrando y volviendo sobre sus pasos, no hubiera desaparecido en el ángulo del contrafuerte. Continuaban oyéndose sus constantes ladridos. De repente, un lúgubre aullido atravesó el espacio, y a poco Turpin volvió, dominado por gran agitación. Daba vueltas, corría delante de sus amos, los miraba, los llamaba, y parecía decirles: "¡Síganme!"

–¡Algo extraordinario sucede! –dijo Luis.

–Vamos adonde quiera llevarnos –respondió Robert, haciendo señas a George y Mark para que lo siguieran con sus armas.

Diez pasos más allá, Turpin se detuvo ante un muro de malezas y arbustos que se enredaban a las rocas.

Al apartar las ramas, Luis observó una estrecha abertura.

–¿Habrá aquí alguna cueva? –exclamó echándose hacia atrás.

–Es probable –respondió Robert–, pero, ¿qué habrá adentro?

En previsión de que el aire estuviera viciado, Luis encendió un puñado de hierba seca y lo arrojó al interior; mas como al esparcirse por el suelo siguiera ardiendo, tuvieron prueba clara de que el aire era respirable. Cortó entonces una rama resinosa de uno de los pinos que crecían a orillas del río, la encendió y, seguido de sus compañeros, se deslizó por entre la maleza.

Al entrar, George tropezó con un taburete de madera, colocado al lado de una mesa, en la que se veía un cántaro de barro, anchas conchas que debieron servir de platos, un cuchillo, cuya hoja estaba enmohecida y mellada, dos o tres anzuelos y una taza de hojalata, vacía también, como el cántaro. Arrimado a la pared opuesta se veía un cofre hecho con tablas, toscamente talladas y ajustadas, que encerraba vestidos hechos jirones.

No había, pues, duda, de que esta excavación había sido habitada. Pero, ¿en qué época y por quién? En el fondo había un mísero camastro, cubierto con una manta de lana también en jirones.

Los muchachos se echaron hacia atrás, pensando que la manta ocultaba un cadáver; pero por fin Luis, más resuelto que los otros, y venciendo su repugnancia, la levantó. No había nada.

Un instante después salieron vivamente impresionados, mientras Turpin no dejaba de aullar. Avanzaron unos cuantos pasos y se detuvieron bruscamente: un sentimiento de horror los clavó en su sitio.

Allí, entre las raíces de un haya, yacían los restos de un esqueleto.

–Aquí –dijo Luis– vino a morir el desgraciado habitante de esta cueva, en donde vivió, sin duda, muchos años. ¡Y ese rudimentario abrigo, del que había hecho su morada, ni siquiera le sirvió de tumba!

Capítulo V

FRANCISCO BAUDOIN Y ADIÓS
A BAHÍA SLOUGHI

Los cuatro muchachos guardaban un profundo silencio. ¿Quién era el hombre que había muerto en aquel sitio? ¿Había llegado joven o viejo a aquel aislado punto de la tierra? ¿Había muerto anciano ya? ¿Había tenido compañeros de desgracia? Si aquel hombre había encontrado refugio en un continente, ¿por qué no había partido en busca de una ciudad del interior o de un puerto? ¿La distancia era tan grande o tan penoso el camino? Lo cierto era que aquel desgraciado había caído, debilitado por la enfermedad o la vejez, y que no teniendo fuerzas para volver a la cueva, había fallecido al pie de ese árbol. Si le habían faltado los medios para buscar su salvación, ¿no sucedería lo mismo a los jóvenes náufragos del *Sloughi*?

Comprendieron la necesidad de practicar un detallado registro de la cueva, para saber también si podrían instalarse allí durante el invierno, después de abandonar la goleta. Lo primero que encontraron fue un paquete de velas fabricadas con estopa y grasa. Encendieron una, colocándola en un candelero.

La cueva estaba absolutamente seca, a pesar de no tener otra ventilación que el orificio que le servía de entrada.

–¿Qué es esto? –exclamó George.

–Un juego de bolos –respondió Mark.

Luis comprendió en seguida el uso a que habían sido destinadas las dos piedras redondas que George acababa de recoger del suelo. Era un artefacto de caza, llamado boleadoras, que se compone de dos piedras unidas por una cuerda, de uso habitual entre los indios de la América meridional. Cuando una mano hábil lanza aquellas bolas, la cuerda se enreda en las piernas del animal, paralizando sus movimientos y haciéndolo presa del cazador.

Ese hombre, ¿era un simple marino o un oficial, cuya inteligencia se había desarrollado con el estudio? Difícil hubiera sido adivinarlo sin un nuevo descubrimiento, que permitió caminar con más seguridad en la vía de la certidumbre.

A la cabecera del camastro había un reloj, más fino que los que usan los marineros. Al mirar en su interior, leyeron el nombre del fabricante: *Delpeuch, Saint-Malo*.

–¡Era un francés! –exclamó Luis conmovido.

Robert movió el camastro y encontró en el suelo un cuaderno; por desgracia la mayor parte de lo escrito estaba borrado; sólo pudieron descifrar dos nombres: Francisco Baudoin y Duguay-Trouin, que sin duda era el nombre del buque. Al principio del cuaderno había un fecha, la misma que estaba grabada en el árbol debajo de las iniciales y que debía ser la del naufragio. Hacía pues cincuenta y tres años que Francisco Baudoin había llegado a aquel litoral.

Más que nunca se dieron cuenta de la gravedad de su situación. Si un hombre, un marino, no pudo salir de allí, ¿era posible que lo hicieran ellos? Otro nuevo hallazgo iba a probarles que toda tentativa era vana. Hojeando el cuaderno, Robert encontró un papel doblado. Era un mapa del territorio en que se hallaban. Reconocieron Bahía Sloughi, los arrecifes, la playa donde habían establecido su campamento, el lago, los tres islotes, el acantilado que formaba curva hasta las márgenes del río. Los bosques cubrían toda la parte central. En la orilla opuesta del lago había otros bosques, que se extendían hasta los bordes del otro litoral, bañado por el mar en todo su perímetro.

Era, pues, imposible buscar la salvación hacia el este. Luis tenía razón; ¡era una isla y por ese motivo Francisco Baudoin no había podido salir de allí!

El mapa demostraba que el náufrago había recorrido aquel terreno en todos los sentidos, siendo él sin duda el que había construido la choza y la calzada del riachuelo.

Según el mapa, el territorio tenía una forma oblonga, como una enorme mariposa, siendo estrecho en su parte central, en Bahía Sloughi y otra bahía que estaba al este. Había una tercera, mayor que las otras, en la parte meridional. En medio de un cuadro de grandes bosques se extendía el lago, de dieciocho millas de largo por cinco de ancho, dimensiones bastante grandes para que Robert y sus compañeros no vieran sus orillas del norte, este y sur. Varios ríos salían de aquel lago, y el más notable era el que, pasando frente a la cueva, desembocaba en Bahía Sloughi, cerca del campamento.

La única altura de la isla parecía ser el acantilado, que formaba curva desde el promontorio, al norte de la bahía, hasta la margen derecha del río. El mapa señalaba la costa septentrional como arenosa y árida, mientras que del otro lado del río se extendía un inmenso pantano, que concluía en un agudo cabo hacia el sur.

Al noroeste y al sudeste aparecían largas hileras de dunas, que daban a aquella parte del litoral un aspecto muy diferente de Bahía Sloughi. Por último, si la escala que se encontraba al pie del mapa era exacta, la isla medía unas cincuenta millas de norte a sur, por veinticinco en su parte más ancha de este a oeste; y teniendo en cuenta las irregularidades de su configuración, presentaba un perímetro de ciento cincuenta millas aproximadamente.

Era pues una instalación definitiva y no provisional la que se imponía a los náufragos del *Sloughi;* y puesto que la gruta les ofrecía un excelente refugio, convenía transportar allí todo el material antes de que las primeras borrascas del invierno acabasen de destruir la goleta. Por consiguiente, había que volver al campamento sin más tardanza. Además, Dick debía estar lleno de inquietud, porque habían pasado ya tres días desde la partida. Acordaron emprender la vuelta aquel mismo día.

Pero antes de alejarse, los jóvenes quisieron realizar una obra de misericordia. Abrieron una fosa al pie del árbol en que Francisco Baudoin grabó sus iniciales, y colocaron en ella los huesos del desgraciado náufrago, y plantaron encima una cruz de madera.

Después taparon el orificio de la cueva y emprendieron la marcha por la margen derecha del río. Luis no cesaba de examinar su curso para ver si sería fácil, con una embarcación cualquiera o una balsa, utilizar esa vía fluvial para el transporte del material del *Sloughi,* aprovechando la marea alta. Gracias a Dios, el río presentaba excelentes condiciones de navegación.

Sin embargo, a las cuatro de la tarde tuvieron que abandonar la orilla, porque estaba cortada por una hondonada pantanosa, y tomaron otra vez el camino del bosque. Con la brújula en la mano, Luis se dirigió entonces hacia el noroeste para ir a Bahía Sloughi por el trayecto más corto; pero se retrasaron bastante a causa de las altas hierbas que dificultaban la marcha, y además la oscuridad que llegó muy pronto, debido a la espesura de los abedules, pinos y hayas. En tan malas condiciones anduvieron tres kilómetros más, y a las siete no sabían dónde se encontraban.

A las ocho observaron de repente que por un claro del bosque aparecía una luz bastante viva.

–¿Qué es eso? –preguntó Mark.

–Una estrella fugaz, supongo –dijo George.

–¡No, es un cohete! –replicó Luis–, ¡un cohete lanzado desde el *Sloughi*!

–¡Y por consiguiente una señal de Dick! –exclamó Robert, que contestó con un tiro.

Un segundo cohete se vio en el espacio; los jóvenes marcharon en aquella dirección, y tres cuartos de hora después llegaban al campamento del *Sloughi*.

Ya pueden figurarse nuestros lectores la acogida que se hizo a los cuatro exploradores: los mayores les dieron un abrazo, y los pequeños se les colgaron del cuello. Turpin tomó parte, como es natural, en aquella alegría y mezclaba sus ladridos a los hurras de los niños.

–¡Estamos en una isla!

Fue todo lo que, en su cansancio, dijo Luis. Pero era bastante para que el porvenir apareciese bajo los más sombríos colores. A pesar de eso, Dick acogió la noticia sin mucho desaliento.

–¡Bueno!, lo esperaba –parecía decir–, y no me sorprende.

El americano no tenía familia que le esperase en Nueva Zelandia, así que con su espíritu práctico, metódico y organizador, la idea de fundar y regir una pequeña colonia no le asustaba.

Al día siguiente, al amanecer, los mayores, y también Mokó, cuya opinión era de tomarse en cuenta, se reunieron en la proa de la goleta y los excursionistas relataron cuanto les había sucedido. Luis y Robert no omitieron ningún detalle, y después de su relato y, al mirar el mapa de Baudoin, comprendieron que no podían hacer nada y que la salvación tenía que venir de fuera.

De todo lo ocurrido, observado y calculado, se deducía que era preciso proceder a una instalación definitiva antes de que llegase el invierno.

–Lo mejor será que vivamos en la cueva que hemos descubierto –dijo Luis.

–¿Es bastante grande para que quepamos todos? –preguntó Nick.

–No –respondió Robert–, tal cual es, estaremos bastante estrechos, pero me parece fácil agrandarla.

–Y lo importante –añadió Luis–, es que nos traslademos lo más pronto posible.

Dick, apoyando el parecer de este último, dijo que

cuando se desencadenase una borrasca, el *Sloughi* se haría pedazos en pocas horas. Era urgentísimo, por lo tanto, abandonarlo en seguida y demolerlo después para utilizar vigas, tablas, hierro, cobre, y llevarlo todo a la Gruta del Francés, nombre que dieron a la cueva, en recuerdo del pobre náufrago.

–Y mientras tanto, ¿dónde habitaremos? –preguntó Robert.

–Levantaremos una tienda de campaña a orillas del río, entre los árboles –respondió Dick.

Urgía empezar, porque se necesitaba a lo menos un mes para descargar el material, desmantelar la goleta y construir una balsa para transportarlo todo antes de mayo.

Con mucha sensatez escogió Dick la orilla del río para establecer el nuevo campamento, puesto que el transporte debía verificarse por agua, porque aprovechando durante varios días la marea alta, que llegaba hasta el lago, una balsa alcanzaría su destino sin demasiado trabajo.

Los días siguientes se emplearon en disponer el nuevo campamento. Ataron con cables las ramas más bajas de diferentes hayas, que sirvieron de sostén a la gran vela de repuesto del buque, y fijándola en el suelo con fuertes amarras, llevaron allí las camas, los utensilios de primera necesidad, las armas, municiones y los fardos que contenían las provisiones. Como la balsa debía construirse con los restos de la goleta, era necesario proceder cuanto antes a su demolición.

El 15 de abril ya no quedaban en el barco más que los objetos de mayor peso, que no podían moverse sin un aparato adecuado. Todo lo demás ya estaba cerca de la tienda.

En medio del trabajo, Robert y sus amigos consagraban algunas horas a la caza, y los pequeños recogían mariscos. Todo marchaba a la perfección, gracias al sentido práctico del estadounidense, que lograba un perfecto acuerdo entre los jóvenes.

Comenzó luego el desmantelamiento del buque; las planchas de cobre se quitaron de los costados con muchísimo esmero, y una vez arrancado el blindaje, procedieron a demoler el casco. El trabajo era sumamente lento, pero el 25 de abril una borrasca vino a ayudarles con notable oportunidad. La nave expuesta a los golpes del mar, se deshizo por completo. Al día siguiente siguieron con el traslado y, por fin, el 28 por la noche todo lo que quedaba del *Sloughi* había sido llevado al sitio de embarque.

—Mañana empezaremos a construir la balsa —dijo Dick.

—Sí —añadió Nick—, y para no tener que botarla, propongo que la construyamos en el río.

—No será nada cómodo —objetó Robert.

—No importa, probemos —respondió Dick.

A la mañana siguiente se dispusieron los primeros maderos de aquella balsa, que había de ser de dimensiones suficientes para recibir una carga muy pesada. Las vigas arrancadas de la goleta, la quilla partida en dos, el palo de mesana, el trozo del mayor, el bauprés y la verga de mesana, habían sido transportadas a un sitio de la orilla que no cubría la marea sino en la pleamar. Esperaron pues aquel momento, y cuando el flujo levantó los maderos, los empujaron hacia el río, en donde los unieron a otros más pequeños, colocados en sentido transversal, atándolos todos fuertemente. De este modo obtuvieron una base sólida de unos treinta pies de largo por quince de ancho.

Cuando la noche llegó, Luis Briant tuvo la precaución de atar los maderos a los árboles para que la pleamar no se lo llevara todo río arriba, ni la marea baja hacia el mar.

Cansadísimos después de tan laborioso día, cenaron con gran apetito y durmieron a pierna suelta.

Al día siguiente se trataba de colocar la plataforma de la balsa, para lo que utilizaron las tablas del puente y del casco del *Sloughi*. Esta tarea necesitó tres días, a pesar de la prisa con que trabajaban. Algunas cristalizaciones se iban formando ya en la superficie de los charcos. El abrigo de la tienda era también insuficiente, a pesar del brasero, y apenas se libraban del frío apretándose unos contra otros. Esperaban que en la Gruta del Francés sería posible resistir los rigores del invierno.

–Pasado mañana entramos en el plenilunio –dijo Luis–, y las mareas aumentarán durante unos días. Cuanto más fuertes sean, más nos ayudarán a remontar el curso del río.

–Tienes razón –respondió Dick–, es preciso partir a más tardar dentro de tres días.

El 3 de mayo se ocuparon del cargamento. Todos trabajaron, cada uno según sus fuerzas. Los más pequeños fueron encargados de acarrear los utensilios, herramientas e instrumentos, y para lo de más peso Nick instaló una especie de cabrestante con poleas halladas a bordo, lo que permitió levantar los fardos con más facilidad y dejarlos caer sin choque alguno en la balsa.

En la tarde del 5 de mayo cada objeto estaba en su sitio, no restándoles más que soltar las amarras, lo que se efectuaría al día siguiente a las ocho de la mañana, hora en que la marea comenzaría a subir.

—Compañeros —dijo entonces Dick—, puesto que vamos a alejarnos de la bahía, no podremos vigilar el mar, y si algún buque se acercara por este lado, sería imposible hacerle señas. Opino que colocando un mástil en el acantilado con la bandera, bastará para llamar la atención de cualquier barco que pase cerca de la isla.

La proposición se aceptó por unanimidad y uno de los palos fue arrastrado hasta el pie de las rocas, por donde era bastante fácil subir. Cuando llegaron a la cima, encajaron el mástil a una profundidad bastante grande para que resistiera los embates de los vientos, y por medio de una cuerda Nick izó el pabellón inglés, que Robert saludó con una descarga de su escopeta.

—¡Hombre! —dijo Dick dirigiéndose a Luis—, mira a Robert, que acaba de tomar posesión de la isla en nombre de Inglaterra.

Me extrañaría que no le perteneciera ya —respondió Luis.

Dick hizo una mueca en son de protesta, pues él la creía americana.

El 6 de mayo a las ocho y media se instalaron todos en la balsa. Un poco antes de las nueve la marea empezó a subir y un crujido sordo se dejó oír en el maderamen.

–¡Atención! –gritó Luis.

–¡Atención! –repitió Nick.

–¡Estamos listos! –exclamó Robert colocado con George en la parte anterior de la plataforma.

Después de asegurarse de que la balsa avanzaba a impulsos de la marea, Luis gritó:

–¡Larguen!

La orden fue ejecutada sin dilación y, libre ya de toda amarra, la débil embarcación remontó lentamente la corriente, llevando a remolque la canoa. La alegría y la satisfacción fueron generales.

Al bajar el caudal de las aguas, a eso de mediodía, amarraron fuertemente la balsa para que no retrocediera. Decidieron no navegar en la noche pues más valía tardar que comprometer el precioso cargamento. Aprovecharon el tiempo en cazar avutardas y perdices.

A las nueve de la mañana comenzaron a navegar otra vez. A la una de la tarde hicieron alto al lado de la hondonada que Luis y sus compañeros habían visto a su regreso de Bahía Sloughi. Mokó, Robert y George montaron en la canoa para reconocer aquella lagunita, que parecía ser una prolongación de los pantanos y que era muy rica en aves acuáticas.

Pasaron otra noche, tranquila pero glacial, para volver a dejarse llevar por la corriente hasta que, por fin, al día siguiente por la tarde, y con la ayuda de la marea, la balsa llegó cerca del lago y atracó a la orilla, frente a la Gruta del Francés, es decir el refugio de Francisco Baudoin.

Capítulo VI

INSTALACIÓN EN LA GRUTA DEL FRANCÉS Y NUEVOS DESCUBRIMIENTOS

El desembarque se verificó en medio de los gritos de júbilo de los pequeños, para los que todo cambio en la vida ordinaria equivalía a un nuevo juego. De inmediato corrieron hacia el lago.

–¿No vas con ellos? –preguntó Luis a su hermano.

–No, prefiero estar aquí –respondió Santiago.

–Mejor sería que hicieras un poco de ejercicio –dijo Luis–. ¡Estoy inquieto contigo, Santiago! ¡Me ocultas algo! ¿Estás enfermo?

–No, no tengo nada.

Siempre la misma respuesta; esto preocupaba a Luis, quien resolvió aclararlo en la primera oportunidad.

Después de amarrar la balsa, fueron a conocer la gruta a la luz de un farol.

–¡Qué estrechos vamos a estar aquí! –dijo Nick.

–Lo principal era que tuviéramos un abrigo –dijo Mark.

–Pero sería menester un sitio en que se pudiera cocinar –dijo Peter.

–Guisaré afuera –repuso Mokó.

–Sería muy incómodo con el mal tiempo –dijo Luis–. por eso mañana mismo instalaremos aquí la cocina del *Sloughi.*

–¡La cocina en el mismo sitio que tenemos que comer y dormir! –exclamó Robert con marcado disgusto.

–Pues bien, respirarás sales aromáticas, "lord" Doniphan –exclamó Mark soltando una carcajada.

Antes de cenar introdujeron todas las camas en la Gruta y las acomodaron unas al lado de otras. Luego transportaron la mesa grande del comedor de la goleta y la colocaron en medio de la cueva.

Mokó, que auxiliado por Mark había dispuesto un hogar entre dos gruesas piedras al pie del contrafuerte del acantilado, encendió una lumbre con ramas secas recolectadas por dos de los muchachos, y a eso de las siete la olla esparcía un olor muy apetitoso. Pronto estuvieron todos reunidos en la única habitación de la Gruta, comedor y dormitorio a la vez, comiendo opíparamente. Antes de acostarse a dormir, fueron a la tumba del desgraciado náufrago a rezar una oración a Dios por él, para agradecerle el que hubiera hecho ese refugio.

Por espacio de algunos días, se dedicaron a descargar la balsa, pues el viento anunciaba lluvia o nieve. Robert seguía disparando a las aves acuáticas que abundaban en las cercanías del lago.

–Es preciso cuidar las balas –le dijo un día Dick.

–De acuerdo –respondió Robert–, pero es también necesario economizar las conservas para cuando se presente la ocasión de dejar la isla.

–¡Dejar la isla! –exclamó Dick–. ¿Seremos capaces de construir un buque que pueda hacerse a la mar?

–¿Y por qué no? No tengo ganas de morir en este desierto, como el compatriota de Luis.

–Indudable, pero debemos habituarnos a la idea de vernos obligados a permanecer aquí años y años.

–¡No desmientes tu carácter, Dick! –exclamó Robert–. Estoy seguro de que te gustaría fundar aquí una colonia.

–Sin duda, si no se puede otra cosa.

Al terminar de descargar, deshicieron la balsa y amontonaron el material en el ángulo del contrafuerte y lo cubrieron con lonas.

Unos días después, Luis y Mokó procedieron a armar la cocina, que fue instalada junto a la pared de la derecha. Nick logró ajustar el tubo de la chimenea para facilitar la salida de humo. Por la tarde, Mokó encendió lumbre, y pudo ver con satisfacción que la cocina funcionaba a las mil maravillas.

Un día que los cazadores se internaron a media milla de la Gruta hacia el lago, encontraron zanjas cubiertas con ramaje y bastante profundas para que los animales cayesen en ellas.

–Se me ocurre una idea –dijo George–, y es que si volvemos a cubrir bien esta zanja con ramas frescas, tal vez algún animal se deje coger en la trampa.

Y llevado por su afición de armar lazos, se apresuró a poner en práctica la idea.

Otro día en que varios muchachos fueron al bosque en busca de alguna cavidad natural que sirviera de almacén para los materiales, al pasar cerca de la zanja oyeron unos gritos guturales. Al acercarse vieron entre las ramas un agujero bastante grande, producido sin duda por la caída del animal a la zanja. Luis y Robert se acercaron a la zanja.

—Es un animal de dos pies —dijo Robert—, un avestruz.

—¡Hay que agarrarlo vivo! —dijo George.

—No será fácil —respondió Peter.

—Probemos —propuso Luis.

George logró tirar su camisa a la cabeza de la enorme ave, lo que la redujo a la más completa inmovilidad, siendo entonces fácil atarla por las patas, y entre todos sacarla del foso.

—Yo me encargo del avestruz —dijo Mark—. Lo domesticamos y nos servirá de cabalgadura.

Fue una alegría para los pequeños admirar aquel animal y acercarse a él después de que lo ataron debidamente, y al saber que Mark se proponía domesticarlo y montarlo, le hicieron prometer que les permitiría cabalgar.

Desde su llegada a la Gruta, Dick había organizado su vida y la de sus compañeros de una manera regular, y abrigaba el propósito de normalizar en lo posible las ocupaciones de cada uno, y sobre todo cuidar mucho de no dejar a los más pequeños abandonados a sí mismos. ¿Por qué no continuar los estudios empezados en el Colegio Chairman?

–Tenemos libros que nos permiten proseguir nuestros estudios –dijo Dick–, y lo que hemos aprendido y aprenderemos aún, justo es que se lo enseñemos a los niños.

–Sí, tienes razón –respondió Luis–, y si algún día Dios permite que abandonemos esta isla y que volvamos junto a nuestras familias, demostraremos que no hemos perdido el tiempo.

La idea era excelente; en los largos días de invierno, cuando ni grandes ni pequeños pudieran salir de la Gruta, bueno sería que se ocupasen en algo de provecho para su inteligencia. Mientras tanto, lo que más molestaba a los huéspedes de la Gruta del Francés era la estrechez de la única habitación que tenían y en la que estaban amontonados. Era por lo tanto preciso consagrarse sin dilación a buscar los medios de agrandarla.

Durante las últimas excursiones, nuestros jóvenes cazadores habían explorado sin ningún éxito el acantilado en busca de alguna excavación que les sirviera de bodega. Les fue preciso volver a la idea de añadir algunas habitaciones a la cueva de Francisco Baudoin. No habría gran problema por ser la Gruta de piedra caliza. Ya Nick no tuvo dificultades en ensanchar la abertura para colocar una de las puertas del *Sloughi,* abriendo también dos ventanas que permitían la entrada de la luz y la circulación del aire.

–Excavando en dirección oblicua –dijo Luis–, es posible que desemboquemos hacia la parte de lago y le proporcionemos así otra entrada a la Gruta.

Cuarenta pies a lo sumo separaban la cueva del sitio indicado, no teniendo más que hacer una galería en aquella dirección.

Se pusieron a cavar de inmediato. Durante tres días el trabajo se hizo con gran lentitud. Cuando tenía más o menos un metro de profundidad, un incidente inesperado llamó poderosamente su atención. Oyeron un ruido que parecía provenir del interior de la piedra que perforaban, luego se hizo silencio, pero en la noche los ruidos empezaron de nuevo, provocando furiosos ladridos de Turpin.

Los pequeños, al ver al perro con el pelo erizado y enseñando los dientes, se aterraron. Los que saben que la imaginación de los niños ingleses está influida por leyendas en que figuran trasgos, duendes, gnomos, silfos, ondinas y genios, no se extrañarán de saber que Tom, Jack, Bill y Francis estaban sobrecogidos de espanto. Luis procuró tranquilizarlos, obligándolos a acostarse a dormir. Dominados por la fatiga, lo hicieron los grandes también.

Al día siguiente notaron que el perro iba y venía muy inquieto por la galería.

El trabajo de perforación siguió. Por la tarde Nick advirtió que la pared, al ser golpeada, ofrecía un sonido tal que hacía pensar que estaba hueca. La hipótesis de una segunda excavación contigua a la Gruta no tenía nada de inadmisible. Alentados por tan consoladora esperanza, continuaron sus labores con más ardor.

A la cena el perro no volvió. Muy inquietos y sumamente tristes, se tendieron en sus camas. De repente, en medio del silencio de la noche, nuevos y prolongados gruñidos se dejaron oír.

–Tiene que haber una cueva cuya entrada esté al pie de las rocas –dijo Luis.

–Y es probable que algunos animales se refugien allí de noche –agregó Dick.

–¿Estará Turpin ahí –exclamó George–, peleando con alguna fiera?

Pero la noche pasó sin que se oyeran más ruidos.

Al día siguiente, Luis y Nick se pusieron a trabajar con gran afán. A eso de las dos, Luis dio un grito. Acababa de atravesar la piedra caliza, que se derrumbó en parte dejando ver una abertura bastante ancha. Se escuchó un fuerte roce en las paredes de la galería y Turpin se lanzó dentro de la habitación, abalanzándose a un cubo de agua donde se puso a beber con avidez. Luego, meneando la cola, se puso a saltar alrededor de su amo.

Los mayores se introdujeron en la galería; habiendo pasado por el orificio producido por el derrumbe, se encontraron en medio de una sombría excavación. Era otra cueva igual a la Gruta del Francés, pero muchísimo más profunda.

En ese momento George tropezó con un cuerpo inerte, que resultó ser un chacal muerto. Descubrieron más allá una estrecha abertura, oculta entre las malezas y a ras del suelo, de la que seguramente se servían los animales para entrar.

¡Qué satisfacción tan intensa experimentaron nuestros jóvenes náufragos! Veían realizados sus deseos con gran ahorro de trabajo, pues se encontraron con una habitación ya hecha y mejor que la que ellos proyectaban. ¡Con cuánto ardor pusieron manos a la obra para transformar la galería en un corredor transitable!

Esta segunda cueva a la que dieron el nombre de *living-room*, se destinaría a dormitorio y lugar de trabajo, mientras que la primera se reservaría para cocina, comedor y despensa. Se le llamó bodega.

En seguida procedieron a la mudanza de las camas; pasaron también el mobiliario del *Sloughi*, divanes, sillones, mesas, armarios, etc., y lo más importante, las estufas del comedor y del salón del buque para calentar con ellas la extensa habitación. Nick fue encargado de poner una puerta en la nueva entrada y de abrir dos ventanas. Pasaron quince días en estos arreglos.

Bill y sus compañeros, recluidos a la sazón en aquellas habitaciones a causa de la crudeza de la estación, tuvieron sobrado tiempo para arreglar su morada, poniéndola en condiciones de abrigo y de comodidad. Ensancharon el corredor y abrieron dos pequeñas cuevas, destinando una de ellas, cerrada con puerta, para las municiones, a fin de evitar todo peligro de explosión.

Sin embargo, como habrán supuesto nuestros lectores, se reservó un sitio en la bodega para el ñandú, mientras se le construía un cercado afuera.

La noche del 10 de junio, la conversación recayó sobre la necesidad de dar nombres a las principales partes de la isla.

–Sería muy útil y práctico –dijo Luis.

–Sí, busquemos nombres –prorrumpió Francis–, y sobre todo que sean bonitos.

–Así lo han hecho todos los robinsones –replicó James.

–Pero, compañeros, ¿qué creen entonces que somos nosotros? –dijo Dick.

–¡Un colegio de robinsones! –exclamó Mark.

–Además –continuó el americano–, dando nombres a las bahías, al lago, al acantilado, a los pantanos y a los cabos, nos será más fácil reconocerlos.

–Ya tenemos Bahía Sloughi, en la que encalló nuestro buque –dijo Robert–, y me parece conveniente dejarle ese nombre.

–Lo mismo haremos con la Gruta del Francés, nuestra morada –añadió Luis–, en recuerdo del pobre náufrago cuyo sitio ocupamos.

Ni Robert objetó esta propuesta.

–Y ahora, ¿cómo llamaremos al río que desemboca en Bahía Sloughi? –dijo George.

–Zelandia –propuso Nick–, nos recordará a nuestro país.

–¡Adoptado! ¡Adoptado!

–¿Y el lago? –preguntó Dan.

–Puesto que el río ha recibido el nombre de Zelandia –dijo Robert–, demos al lago uno que nos recuerde a nuestras familias, y llamémoslo Lago de la Familia.

Y se admitió por unanimidad.

Bautizaron con el nombre de Colina Auckland el acantilado. El cabo, desde lo alto del cual Luis había creído descubrir el mar, lo llamaremos Punta del Falso Mar. Bosque de las Trampas fue el nombre elegido para la parte de la selva en que descubrieran la zanja y Bosque de la Hondonada a la otra parte, situada entre Bahía Sloughi y el acantilado; como Pantanos del Sur se bautizó el lugar pantanoso que abarcaba toda la parte meridional de la isla. Arroyo de la Calzada se llamó el río en que encontraron la barrera hecha con piedras. Costa Naufragio fue el lugar donde encalló la goleta, y, en fin, Terraza del Deporte, el espacio comprendido entre las orillas del río y del lago, situado delante del nuevo dormitorio, y que sería destinado a los ejercicios que indicara el programa.

En cuanto a las demás partes de la isla, se les daría nombre a medida que se reconociesen y según los incidentes que se produjeran en ellas.

No obstante, les pareció conveniente designar también con nombres propios los principales cabos marcados en el mapa de Francisco Baudoin. Y así se les llamó Cabo Norte, Cabo Sur, Cabo Francés, Cabo Británico y Cabo Americano en honor de las tres naciones representadas en la pequeña colonia.

¡Colonia, sí! Esta denominación fue propuesta para indicar que la instalación no tenía ya carácter provisional. Era menester también bautizar la isla. Fue Jack quien encontró el nombre.

–Puesto que somos todos alumnos de Colegio Chairman, llamémosla Isla Chairman.

No se podía encontrar mejor nombre. Y ahora debían elegir un jefe para gobernarla.

–Bien –dijo Robert–, pero con la condición de que sea para un tiempo determinado.

–Y que pueda ser reelegido –añadió Luis.

–Concedido. ¿A quién nombramos? –preguntó Robert con ansiedad, temiendo que si no era él, eligieran a Luis.

–La elección no es dudosa –dijo Luis–. Al más sensato de todos: a nuestro querido compañero Dick Gordon.

–¡Sí! ¡Sí! ¡Bien dicho! ¡Viva Dick Gordon! ¡Vivaaa!

El americano quiso rehusar, pues prefería organizar a mandar, pero al reflexionar en los trastornos que las encontradas pasiones de aquellos muchachos, convertidos prematuramente en hombres podían ocasionar en lo sucesivo, comprendió que su autoridad no sería inútil.

Y he aquí cómo Dick Gordon fue proclamado jefe de la infantil colonia.

Capítulo VII

UN CRUDO INVIERNO Y CONTINUACIÓN DE LAS EXPLORACIONES

**E**l invierno había comenzado ya. ¿Cuánto duraría? Cinco meses por lo menos, si la isla se encontraba a mayor latitud que Nueva Zelandia. Había empezado en mayo, por lo que se calculaba que concluiría a mediados de septiembre.

Dick trazó el programa de las obligaciones que corresponderían a cada cual. Los mayores serían los maestros y protectores, y los pequeños, los alumnos y protegidos. Para no cansar a los niños con un trabajo impropio de su edad, se aprovecharían todas las ocasiones de hacer ejercicios, a la par que cultivar su inteligencia.

En suma el programa fue redactado sobre la base de la educación anglosajona:

"Siempre que un trabajo sea necesario, hazlo".

"No pierdas jamás la ocasión de hacer un esfuerzo productivo".

"No eludas ninguna fatiga, pues ninguna es inútil".

Poniendo estos preceptos en práctica, el cuerpo se hace fuerte y el alma se vigoriza.

Y he aquí el reglamento que se sometió a la aprobación general.

Dos horas por la mañana y dos por la tarde, los de quinto y cuarto año darían lección a los de tercero, segundo y primero. Les enseñarían matemáticas, geografía e historia. Domingo y jueves tendrían conferencia, es decir, discusión sobre algún tema.

A George se le encargó mantener los relojes a la hora, y a Nick el calendario al día. James debía apuntar todos los días los cambios respetados en el barómetro. Nick se hizo cargo de escribir un diario de todo lo ocurrido y lo que ocurriese, lo que hizo con minuciosa exactitud. Los mayores debían ayudar a Mokó en el lavado de la ropa. Los domingos serían respetados como en Inglaterra y Estados Unidos, donde se prohíbe toda clase de diversiones o distracciones. Sin embargo, en Isla Chairman se apartarían un tanto de los rigores.

La nieve no dejaba de caer. A fines de junio fue preciso renunciar a toda diversión fuera de la Gruta.

Se enfrentaron con el problema del abastecimiento de agua. Pero Nick ideó un ingenioso sistema de conducción subterránea que llevara el agua del río por debajo del ribazo hasta la bodega. La alimentación de la pequeña colonia también daba mucho que pensar a su jefe, pues había que alimentar a quince personas dotadas de un apetito propio de muchachos de ocho a catorce años.

Ante la intensidad del frío, Luis estimó que estaban mucho más al sur de lo que suponían.

–Sin duda –dijo Dick–, y sin embargo nuestro atlas no señala ninguna isla en las inmediaciones.

–No sé hacia qué lado podríamos dirigirnos si llegásemos a abandonar esta isla.

–¡Dejar nuestra isla! –exclamó Dick–. ¿Aún piensas en ello Luis?

–¡Siempre! Si pudiéramos construir una embarcación que se sostuviera en el agua, no titubearía en lanzarme a la aventura en el mar.

–Bueno, bueno –replicó el americano–. ¡No hay prisa! Esperemos a que nuestra pequeña colonia esté organizada, y entonces...

–¡Ay, mi buen amigo, olvidas que allá tenemos familia!

–Es verdad. Pero no somos tan desgraciados aquí. Esto marcha... y vamos a ver, ¿qué nos falta?

–Muchas cosas, Dick. Mira, en este momento nos está faltando combustible.

–¡Aún no hemos quemado todos los árboles de la isla!

–No, pero urge hacer provisión de leña.

–Pues bien, hoy mismo –replicó Dick–. Veamos el termómetro.

Éste, colocado dentro de la bodega, indicaba cinco grados, no obstante hallarse cerca de la cocina llena de lumbre. Sacado fuera de la estancia no tardó en bajar a diecisiete bajo cero.

Después del desayuno, decidieron ir al Bosque de las Trampas para traer una carga de combustible. El Lago de la Familia y el Río Zelandia estaban completamente congelados. Mokó discurrió un medio para el transporte de la leña que consistió en sacar la gran mesa de la bodega y, atarla con cuerdas y cuatro de ellos la arrastraron sobre la nieve. Los pequeños, con la nariz muy colorada, iban delante corriendo y saltando con Turpin.

Todo estaba blanco entre la Colina Auckland y el Lago de la Familia. Los árboles, cargados de carámbanos que parecían cristales, semejaban la decoración de alguna obra de magia. Bandadas de pájaros revoloteaban por todas partes. También vieron huellas sospechosas, que no eran de chacales ni de jaguares.

–Quizá son gatos monteses –dijo Dick–. ¡Son temibles!

–¡No son más que gatos! –respondió Jack encogiéndose de hombros.

–Bien, los tigres también son gatos –replicó Bill.

–Mark, ¿es verdad que todos esos señores de la raza felina son malos? –preguntó Jack.

–Muy malos –contestó Mark–, cazan a los niños y se los comen como si fueran ratones.

Esta respuesta no dejó de asustar a Jack.

Nuestros colonos derribaron varios árboles, los que pusieron sobre la mesa-trineo. Luego aserraron y guardaron la leña. Durante seis días, aquel acarreo continuó sin descanso, asegurando así el combustible para algunas semanas.

A partir del 15 de julio el tiempo se volvió tan frío que Gordon prohibió las salidas. Como es de suponer, tomaron toda clase de medidas para que la temperatura interior se conservase a un nivel suficiente. Aparte de algunos constipados y bronquitis, la salud de los jóvenes no se resintió mucho con tan cruel invernada.

El 16 de agosto el estado de la atmósfera se modificó con el viento oeste, y el termómetro subió hasta doce grados bajo cero. Robert, Luis, Mark y Nick pensaron entonces en hacer una excursión a Bahía Sloughi para observar si la costa era frecuentada por ciertos anfibios habituales en las regiones antárticas. También querían revisar el estado del pabellón inglés izado en el acantilado. Por consejo de Luis Briant, se clavaría también en el mástil una tablilla con la situación de la Gruta del Francés, para el caso de que algunos marinos, al ver la bandera, desembarcaran en la playa.

Dick aprobó el proyecto, pero encargándoles repetidamente que estuviesen de vuelta al anochecer. En consecuencia, los expedicionarios salieron el día 19 antes de la alborada. Las seis millas que separaban Bahía Sloughi de la Gruta del Francés fueron rápidamente recorridas, pues, como estaba congelado el pantano del Bosque de la Hondonada, no fue necesario dar rodeo alguno.

–¡Vaya, una bandada de aves! –exclamó George, señalando algunos millares de pájaros, parecidos a grandes patos, parados en fila en las puntas de los arrecifes.

–¡Parecen soldados a quienes el general va a pasar revista! –dijo Mark.

–Son pingüinos –respondió Nick–, y no valen un tiro.

Los pingüinos no sufrieron, pues, ningún percance. En cambio vieron focas, cuya grasa les podía servir para el alumbrado en el próximo invierno. Pero al acercarse, las focas se lanzaron al agua y desaparecieron.

Después de almorzar, recorrieron la bahía en toda su extensión. Una capa blanca la cubría. Nick cambió la bandera y colocó la tablilla, y emprendieron el regreso. Robert mató algunas avefrías y a las cuatro se encontraban de vuelta en la Gruta.

El invierno por fin concluía. A comienzos de septiembre fuertes chubascos trajeron el cambio de temperatura. La nieve no tardó en disolverse y el hielo del lago se rompió con un ruido ensordecedor. Había pasado aquel invierno, y los primeros seis meses de las forzadas vacaciones de los alumnos del Chairman.

Con el buen tiempo, nuestros jóvenes colonos se propusieron realizar algunas de las excursiones proyectadas durante las largas noches de invierno.

El mapa del francés no señalaba ninguna tierra alrededor de la isla; pero era posible que ellos, mejor provistos, descubrieran con su catalejo lo que él no alcanzó a ver.

Pero antes decidieron explorar el territorio entre la Colina Auckland, el Lago de la Familia y el Bosque de las Trampas para conocer cuál era la riqueza en árboles y arbustos que se pudieran aprovechar. Fijaron la marcha para los primeros días de noviembre. La inclemencia del tiempo continuaba con sin igual violencia. Veinte veces los vendavales arrancaron las puertas de la bodega penetrando por el corredor hasta el dormitorio, haciendo sufrir más a los jóvenes que con las bajas temperaturas invernales.

Sin embargo, los colonos no estaban ociosos. Como la mesa no podía ya servir de vehículo, puesto que el hielo había desaparecido, Nick ideó fabricar un aparato a propósito para acarrear los objetos de gran peso. Al efecto, utilizó dos ruedas dentadas de un torno de la goleta. Uniéndolas con una barra de hierro, colocó sobre él una sólida plataforma. Así resultó un carro, si bien rudimentario, en disposición de prestar, como los prestó, grandes servicios. Inútil nos parece añadir que, a falta de caballo, mula o burro, los más vigorosos serían los encargados de arrastrarlo.

¡Ah! Si llegaran algún día a apoderarse de cualquier cuadrúpedo, ¡cuántas fatigas se ahorrarían! Desgraciadamente, la fauna de la Isla Chairman era más rica en volátiles que en rumiantes.

Mark no lograba entre tanto domesticar a su ñandú, que no dejaba que nadie se le acercara. Le puso por nombre *Brausewind,* como Jack, el protagonista de *El Robinson Suizo,* lo había hecho con el suyo.

Jack llegó a conseguir que su avestruz se transformara en un rápido corcel.

–Es verdad –repuso Dick–, pero entre tu héroe y tú hay tanta diferencia como entre tu avestruz y el suyo.

–¿Cuál?

–Sencillamente la que separa la imaginación de la realidad.

–¡No importa! –replicó Mark–. ¡Llegaré a amansarlo o los dos nos veremos las caras!

–Me extrañaría menos oírlo hablar que obedecerte –dijo riendo el americano.

A despecho de las bromas de sus compañeros, Mark construyó una especie de capucha de tela con anteojeras movibles para guiarlo según su gusto. Hizo también un collar.

Aprovechando el comienzo del buen tiempo, anunció que lo montaría el 26 de octubre. Se reunieron todos en la Terraza del Deporte para asistir al interesante espectáculo. Mientras Dan y Nick mantenían al animal con la cabeza cubierta por la capucha y las anteojeras bajadas, Mark, después de varias tentativas, logró saltar sobre el ñandú y pidió con voz algo temblorosa que lo soltaran. El avestruz, en cuanto el muchacho levantó las anteojeras, dio un salto prodigioso y partió como una flecha en dirección al bosque. Con una violenta sacudida se desembarazó de su jinete y desapareció bajo los árboles del Bosque de las Trampas.

Los compañeros de Mark acudieron, y cuando llegaron a su lado, el avestruz estaba ya lejos.

–¡Qué animal más estúpido! –exclamó su dueño lleno de confusión–. ¡Ah, si vuelvo a agarrarlo!...

–No lo volverás a ver ya –respondió Robert, que se complacía en burlarse de su compañero.

–Consuélate, Mark –dijo Dick–. Nada hubieras conseguido de esa bestia.

Al comenzar el mes de noviembre, Dick, Robert, Nick, George, James, Peter y Mark, quien se encargaría de la comida, emprendieron la expedición a la orilla occidental del Lago de la Familia hasta su punto más avanzado al norte. A cargo de la colonia quedaron Luis y Dan.

Cuando, precedidos de Turpin, los excursionistas dejaron atrás los terrenos hasta ahora recorridos, llegaron a una pradera cubierta de una maleza muy alta. Turpin empezó a rastrear, quedando por fin inmóvil delante de media docena de madrigueras.

–¡Quién sabe si nuestro almuerzo estará ahí dentro! –exclamó Robert.

–¡Y también la cena! –añadió Mark, observando las cuevas.

–Si hay un bicho aquí –respondió George–, lo obligaremos a salir, sin que nos cueste un perdigón, ahumándolo como se hace con los zorros cuando están en sus madrigueras.

Y cogiendo algunos puñados de hierbas secas, las colocó delante de los agujeros y las encendió; un momento después, diez o doce conejos salían medio asfixiados, procurando huir, pero en vano. Mark y James mataron a varios.

–¡He aquí un excelente asado! –exclamó Dick.

–Yo me encargo de ello –dijo Mark–. Los comeremos en el primer alto.

Más allá encontraron la playa llena de dunas. A las once de la mañana los jóvenes llegaron a la desembocadura del Arroyo de la Calzada, donde hicieron un alto para almorzar; no tuvieron quejas del arte culinario de Mark. Prosiguieron su marcha por el linde del bosque, donde vieron los mismos árboles: hayas, pinos, abedules, encinas y millares de pájaros de diversas clases revoloteando en el follaje.

Mark, acordándose de Robinson Crusoe, sentía que no hubiera un loro que le hubiese indemnizado de los malos ratos que le proporcionó la educación, tan mal aprovechada, del ñandú.

Al atardecer llegaron al segundo río señalado en el mapa, donde se instalaron para pasar la noche. Este nuevo río fue llamado Río de la Parada.

Los jóvenes establecieron su campamento bajo los primeros árboles del ribazo, y los conejos formaron el plato principal. Estaban tan cansados que, en cuanto terminaron de cenar, encendieron una gran hoguera, y se tendieron delante de ella. George y Robert velaron por turnos.

A la mañana siguiente debían cruzar el río, pero como no era vadeable echaron mano del bote. Esta débil barquilla no podía conducir más de dos personas, así que hubo necesidad de pasar seis veces y volver otras tantas. Turpin no quiso que opinaran que era un remolón, y metiéndose en el agua, hizo a nado la travesía en un momento. Llegados al lago, caminaron rumbo al norte, hasta que Robert vio la otra orilla del lago. Una árida llanura, con algunas dunas y sembrada acá y allá de juncos, se extendía hasta perderse en dirección norte. Por tanto, la parte septentrional de Isla Chairman se componía de anchos espacios arenosos que contrastaban con los verdes bosques del centro. El americano le dio el nombre de Desierto de Arena.

A media tarde la orilla opuesta apareció distintamente, redondeándose a menos de tres kilómetros al este. Esta región parecía completamente abandonada de todo ser viviente, como no fueran algunas aves marinas que pasaban por allí para ir a refugiarse en las rocas del litoral.

Juzgaron innecesario ir más adelante. Era preferible hacer una nueva excursión a la orilla derecha del lago, en donde otros bosques quizás pudieran ofrecer ignoradas riquezas. Además, para averiguar si la Isla Chairman estaba o no cerca del continente americano, habría que dirigir las exploraciones hacia la región del este.

Robert propuso, sin embargo, llegar hasta la extremidad del lago, que no debía estar lejos, toda vez que la doble curvatura de sus orillas se acentuaba más a cada instante. Así lo hicieron y al llegar la noche hacían alto en el fondo de una caleta en el ángulo norte del Lago de la Familia. No se veía ni un árbol ni una hierba, ni siquiera musgo o liquen seco. Les faltó el combustible, y para dormir se vieron precisados a echarse sobre la arena, y cubriéndose con sus mantas.

Durante la noche nada turbó el silencio del Desierto de Arena.

Capítulo VIII

GUANACOS, VICUÑAS Y LA LLEGADA
DE NAVIDAD

doscientos pasos de la caleta se alzaba una duna de unos cincuenta pies, observatorio ideal para que Dick y sus compañeros pudieran echar una ojeada a la región. Desde allí dirigieron sus anteojos hacia el norte. Si aquel desierto arenoso se prolongaba hasta el litoral, como indicaba el mapa, era imposible divisar su fin. Por tanto, les pareció inútil avanzar más hacia la parte septentrional de la isla.

–¿Qué hacemos ahora? –preguntó Peter.

–Volveremos por donde vinimos –respondió el americano.

–Puesto que tenemos que volver sobre nuestros pasos –observó Robert–, ¿no podríamos seguir otro camino para regresar a la Gruta?

–Lo ensayaremos –dijo Dick.

–Me parece –replicó Robert–, que si siguiéramos la orilla derecha del Lago de la Familia, nuestra exploración sería completa.

–Resultaría excesivamente larga –respondió el americano.

–Sin embargo –insistió Robert–, tarde o temprano será necesario recorrer esa parte de la isla.

–Sin duda –respondió Dick–, y pienso organizar una expedición con ese objeto.

–Robert tiene razón –dijo Peter–, puede ser interesante no volver por el mismo camino.

–Bien –dijo Dick–. Propongo que bordeemos la orilla del lago hasta el Río de la Parada, y luego marchemos directamente hacia el acantilado, cuya base podemos seguir.

–¿Y por qué volver por aquí? –preguntó George.

–En efecto, Dick –añadió Robert–. ¿Por qué no vamos por lo más corto, atravesando la llanura arenosa hasta llegar al Bosque de las Trampas?

–Porque estamos seguros de que en el camino por donde vinimos no hay obstáculos –replicó Dick.

–¡Siempre prudente, Dick! –exclamó Robert, con ironía.

–Es mi deber –contestó el americano.

Y bajando de la duna, tomaron un refrigerio, enrollaron sus mantas y, tomando sus armas, empezaron a andar. Cruzaron una vez más el Río de la Parada y entraron al bosque. Robert mató dos magníficas avutardas moñudas, que Mark asó para el almuerzo. Estaban en la parte desconocida del Bosque de las Trampas.

Entre los abedules y las hayas se abrían algunos claros que dejaban penetrar los rayos del Sol, merced a lo cuales las flores perfumaban el ambiente. Cogieron algunas y adornaron con ellas sus solapas. Entre los arbustos, Dick descubrió uno que tiene el mismo sabor de la canela. Más allá encontraron el Pernettia, árbol del té, cuyas aromáticas hojas ofrecen una bebida muy saludable.

Hacia las cuatro de la tarde, atravesaron otro río, el que en su primera expedición llamaron Arroyo de la Calzada. Allí acamparon. De pronto divisaron un grupo de animales que retozaban en la hierba.

–¡Son cabras! –dijo Nick en voz baja.

–Procuremos cazarlas vivas –respondió Dick.

Nick lanzó las boleadoras con tal destreza que se enredaron alrededor del cuello de una cabra, mientras las demás desaparecían entre los árboles. Cogieron también dos cabritos, que por instinto se mantuvieron al lado de su madre.

–¡Hurra! –gritó Nick–. Pero, dime, ¿son cabras?

–Me parece que son vicuñas –dijo Dick.

–¿Y dan leche?

–¡Ya lo creo!

–¡Vivan las vicuñas!

Dick no se equivocaba. Las vicuñas se parecen a las cabras, sólo que sus patas son más largas, su pelo corto y fino como la seda, y su cabeza pequeña y desprovista de cuernos. La vicuña, atada a un árbol, se puso a pacer, mientras sus crías saltaban alrededor de ella.

La noche no fue tan tranquila. Violentos rugidos se oyeron muy cerca. Todos tomaron sus armas y se pusieron a la defensiva. De repente, a unos veinte pasos, se divisaron bultos que se movían y Robert disparó su escopeta, después de lo cual se oyeron rugidos más violentos. Nick cogió una rama prendida y la lanzó vigorosamente del lado en que se veían unos ojos relucientes como carbones encendidos. Un instante después, los animales abandonaron el lugar, perdiéndose en las profundidades del bosque.

–¡Ya se marcharon! –exclamó Peter.

–¡Buen viaje! –añadió Mark.

–¿Y no pueden volver? –preguntó Peter.

–No es probable –respondió Dick–, pero es prudente que velemos hasta que sea de día.

Con las primeras luces del alba levantaron el campamento y se internaron en la espesura. Mark y James se encargaron de llevar las pequeñas vicuñas, y la madre no se hizo de rogar para seguir a Nick, que la llevaba atada.

Robert, James y Peter se adelantaron. De pronto, resonó un tiro y se oyó gritar:

–¡Alerta, compañeros, alerta!

De repente un animal de gran talla apareció en la espesura. Nick, que acababa de enarbolar el lazo, lo lanzó después de haberle dado varias vueltas por encima de su cabeza. Y lo hizo con tanta precisión que el nudo corredizo se enrolló al cuello del cuadrúpedo, que procuró en vano liberarse. Mas, como era en extremo vigoroso, hubiera arrastrado a Nick, si Dick, George y Mark no hubiesen agarrado el otro lado del lazo, que ataron al tronco de un corpulento árbol.

Casi en seguida salían del bosque James, Peter y Robert, quien exclamó con tono de mal humor:

–¡Maldito animal! ¡No sé cómo he errado el tiro!

–Nick no erró, compañero –respondió Mark–, y aquí lo tenemos, vivito y coleando.

–¡Qué importa si tendremos que matarlo! –replicó Robert.

–¡Matarlo! –repuso Dick–. ¡Cuando nos viene tan a propósito para el tiro! Es un guanaco, y estos animales se estiman mucho en las granjas andinas.

Todos se acercaron a contemplar aquella hermosa muestra de la fauna chairmaniana. El guanaco, con su largo cuello, su fina cabeza, sus patas largas y delgadas, y su piel leonada con manchas blancas, se podría seguramente montar como, dicen, se hace en la pampa argentina. Además es un animal bastante tímido, y cuando Nick aflojó el nudo corredizo que casi lo estrangulaba, no dio señales de quererse escapar y fue fácil conducirlo atado con el mismo lazo en calidad de brida.

Decididamente esa excursión sería provechosa para la colonia. El guanaco, la vicuña y sus crías, el descubrimiento del árbol del té y de la canela, merecían una buena acogida, sobre todo a Nick. El americano se alegraba viendo que el lazo y las boleadoras podían ahorrar pólvora y plomo.

A Mark no le faltaban ganas de montar el guanaco con el fin de hacer una entrada triunfal en aquella magnífica cabalgadura. Pero Dick no se lo permitió.

–Cuando lo domestiquemos no nos dará muchas coces –dijo–, y si no quiere dejarse montar, que por lo menos tire del carro. ¡Paciencia, pues, Mark, y no olvides la lección que recibiste del ñandú!

Al atardecer divisaron la Gruta del Francés.

El pequeño Jack, que jugaba en la Terraza del Deporte, dio la noticia de la llegada a sus compañeros;
los recibieron con alegres gritos, acogiendo la vuelta
de los afortunados exploradores.

Ninguna novedad había ocurrido en la Gruta del
Francés durante la ausencia de Dick Gordon. El jefe de
la colonia no tenía más que alabanzas para Luis, a
quien los pequeños demostraban un sincero cariño; y
si Robert no fuera tan altanero y envidioso, hubiera
apreciado también sus buenas cualidades. Mas por desgracia no era así, y merced al ascendiente que ejercía
sobre George, James y Peter, éstos hacían causa común
con él cuando se trataba de contrariar al joven francés,
de carácter tan diferente a sus compañeros anglosajones.

Luis no se preocupaba de esto y cumplía lo que con-
sideraba su deber. Su gran pesar era la actitud de su
hermano, a quien había interrogado de nuevo, sin
obtener más respuesta que ésta:

–No, hermano, no. ¡No tengo nada!

–¿No quieres confesarlo? –le dijo–. ¡Haces mal! ¡Sería un gran consuelo para ti, lo mismo que para mí!
Cada día observo que estás más y más sombrío. Vamos, soy tu hermano mayor y tengo derecho a saber
la causa de tu pena. ¿Qué falta has cometido?

–Hermano –respondió por fin Santiago, como si no
pudiera resistir a algún secreto remordimiento–, lo que
he hecho, tú tal vez me lo perdonarías..., pero los demás...

–¡Los demás! ¿Qué quieres decir, Santiago?

Las lágrimas corrieron por las mejillas del pobre niño, pero a pesar de la insistencia de su hermano, sólo dijo:

—¡Más adelante lo sabrás todo! ¡Más adelante!

Después de esta respuesta, puede comprenderse fácilmente cuál sería la inquietud de Luis. Le habló a Dick, rogándole intervenir en el asunto.

—¿Para qué? —respondió con mucha cordura Dick—. Más vale dejar a Santiago en entera libertad. Lo que haya hecho será alguna falta cuya importancia exagera. Esperemos a que espontáneamente se explique.

Desde el día siguiente, los jóvenes colonos se pusieron a la tarea de llenar la despensa de Mokó. Pusieron trampas y lazos para obtener caza mayor.

Para el guanaco, la vicuña y sus crías debieron construir un establo techado. Dick decidió hacerlo al pie de la Colina de Auckland, del lado del lago y junto a la puerta del dormitorio, Dan y Mark, encargados de cuidar la cuadra, hallaron pronta recompensa viendo que los animales se amansaban cada día más. Pronto tuvieron nuevos huéspedes: un segundo guanaco, una pareja de vicuñas, y un ñandú que Turpin cazó a la carrera. También con éste se convenció Mark de que jamás lo domesticaría.

En un pequeño corral, Francis y Bill cuidaban con mucho esmero algunas avutardas, faisanes, pintadas y tinamúes que se habían cogido con lazos.

Con todo esto, Mokó tenía ahora a su disposición leche de vicuña y huevos de las aves de corral. Debía, eso sí, economizar el azúcar y únicamente los domingos se veía en la mesa un plato extraordinario. Pero

Dick terminó por descubrir en medio de los matorrales un grupo de arces, árboles que dan azúcar. Haciendo una incisión en el tronco, se obtiene un líquido producido por la condensación de la savia que al solidificarse da una materia azucarada.

Como se ve, la Isla Chairman abastecía a sus habitantes, si no de lo superfluo, al menos de lo necesario para la vida. Lo que les faltaba eran legumbres frescas y verduras. Contaban sólo con el apio que crecía en las orillas del lago. George y James cogían frecuentemente un buen número de agutíes, parecidas a las liebres; por su parte el lago les daba hermosas truchas, pero con el inconveniente de que, a pesar de la cocción y el condimento, conservaban un sabor a cieno nada agradable. También podían recurrir a la pesca en Bahía Sloughi, donde abundaban las merluzas, y luego, cuando los salmones remontaran el Río Zelandia, Mokó podría conservarlos en salmuera para el invierno.

Un día Robert llamó aparte a Dick y le dijo:

—Estamos infestados de chacales y zorros. Vienen en manadas durante la noche, destruyen los lazos y se comen la caza que encuentran. ¡Hay que acabar con ellos de una vez!

—¿No se pueden poner trampas? —dijo Dick, que comprendía muy bien lo que su compañero quería.

—¡Trampas! —respondió Robert con desdén—. Los zorros son muy astutos y un buen día nos encontraremos con que en nuestro corral no queda un ave.

—Pues bien, ya que es necesario —respondió Dick—, les concedo algunas docenas de cartuchos, pero procuren no desperdiciar los disparos.

Llegada la noche, Robert, Luis, George, Nick, James, Peter y Mark fueron a apostarse en un soto cerca del Bosque de las Trampas, por el lado del lago. Un poco antes de medianoche, Robert advirtió la aproximación de una manada de zorros que atravesaban el soto para beber.

Los cazadores esperaron que hubiera una veintena y dispararon, matando a unos diez animales. La matanza duró tres noches seguidas, y la pequeña colonia se libró de aquellas peligrosas visitas, a la vez que los muchachos obtuvieron unas cincuenta hermosas pieles de un gris plateado que podían destinar a alfombras o a abrigos.

A mediados de diciembre se verificó una gran expedición a Bahía Sloughi, en que participaron incluso los niños, y que tenía por objetivo la caza de focas para el suministro de aceite.

El carro que habían construido para los transportes fue cargado con municiones, provisiones y diversos utensilios y tirado por los dos guanacos. Partieron al amanecer, y tuvieron que bordear el Bosque de la Hondonada. De súbito, en medio del cieno y a un centenar de pasos de distancia, vieron que se revolcaba un enorme cuadrúpedo.

–¿Qué animal tan grande es ese? –preguntó Tom asustado.

–Es un hipopótamo –respondió Dick.

–Es como si dijéramos un caballo anfibio –dijo Luis.

–¡Pero no se parece a un caballo! –repuso Jack.

–No –exclamó Mark–, sería mejor que lo hubieran llamado puercopótamo.

Esta reflexión, natural y lógica, provocó una alegre carcajada en los pequeños.

Ya en Bahía Sloughi, comenzó la cacería de focas, que duró pocos minutos. Luego hubo que transportar todas las focas a la arena, faena agotadora por el enorme peso de esos animales.

Mokó preparó la vasija para la cocción; luego de algunos instantes de ebullición, comenzó a desprenderse un aceite muy claro, que nadaba en la superficie, y con el cual llenaron los toneles. Entre bromas y risas, se tapaban las narices por el penetrante hedor que despedía la carne al cocerse.

Al final del segundo día, Mokó había recogido algunos centenares de galones de aceite, que parecieron bastar para el alumbrado de la Gruta del Francés durante todo el invierno.

Al rayar el alba del tercer día, los colonos levantaron el campamento. La víspera habían cargado el carro con los toneles, y no quedaba más que enganchar los guanacos y ponerse en marcha. Después de un postrer saludo a la bandera del Reino Unido, que ondeaba en la cima del acantilado, y de una última mirada hacia el horizonte del Pacífico, la colonia se puso en marcha, remontando la orilla derecha del río. A pesar de las dificultades del camino, los guanacos, ayudados por los jóvenes, cumplieron bien su cometido y llegaron a la gruta al atardecer.

Navidad, tan alegremente festejada por los anglosajones, se aproximaba. Dick anunció que los días 25 y 26 serían de asueto. Se celebraría la Nochebuena en la Isla Chairman como en otros países el día de Año Nuevo. Esta proposición fue acogida con gran júbilo. Habría una espléndida comida; Mokó y Mark conferenciaban frecuentemente respecto a tan importante asunto culinario, mientras que Tom y Jack acechaban sin cesar para sorprender el secreto de sus deliberaciones.

El gran día llegó por fin.

Encima de la puerta del dormitorio colocaron unas cuantas banderas que daban aspecto de fiesta. Por la mañana, un cañonazo disparado por Robert despertó alegres ecos en la Colina Auckland. Los niños fueron a ofrecer a los mayores sus felicitaciones, que les fueron paternalmente devueltas. Jack recitó un pequeño discurso dirigido al jefe de la colonia, dándole las gracias a nombre de todos sus súbditos por el acierto con que los gobernaba. Cada cual se puso sus mejores trajes.

En la Terraza del Deporte jugaron al golf, al fútbol, a los bolos. Fue un día muy divertido, y los pequeños se entregaron por completo a la alegría propia de su edad. No hubo discusiones ni querellas. Después de un nuevo cañonazo, se sentaron a la mesa, decorada con un árbol de Navidad colocado en el centro y rodeado de flores. De sus ramas colgaban banderitas inglesas, americanas y francesas.

En verdad, Mokó y su colaborador Mark se habían distinguido en la elección de los manjares: agutí asado, liebre asada rellena de hierbas aromáticas, una avutarda con los alones levantados, legumbres en conserva, un *pudding* dispuesto en forma de pirámide, con pasas de Corinto mezcladas con algarrobas. Luego algunas copas de clarete, té y café.

El aniversario del cristianismo en la Isla Chairman fue, como se ve, bien festejado por sus habitantes.

Luis brindó por Dick. Jack, en nombre de los niños, dio las gracias a Luis por sus desvelos y cuidados para con ellos. El joven francés no pudo ocultar la viva emoción que le embargaba oyendo los ¡hurras! que resonaban en honor suyo, y que solamente no encontraron eco en el corazón de Robert.

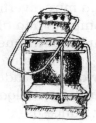

Capítulo IX

LA CONFESIÓN DE SANTIAGO Y ELECCIÓN DE NUEVO JEFE

Ocho días después empezó el año 1861, y en esa parte del hemisferio austral los colonos se hallaban en pleno verano.

Hacía cerca de diez meses que los náufragos habían desembarcado en aquella isla. Durante este período su situación había mejorado poco a poco y parecía asegurada la vida material. ¡Pero estaban solos en una tierra desconocida! Había que esperar y esperar, trabajar para hacer más cómoda la vida en la gruta. Convencidos de esto, cada cual se consagró resueltamente a su faena. Recordando lo riguroso que era allí el invierno, y teniendo presente que durante semanas y meses el mal tiempo los obligaría a encerrarse en el dormitorio, no querían desperdiciar la ocasión de precaverse contra el frío y el hambre, enemigos los más capitales y crueles que allí se podían presentar.

Además del combustible para la Gruta del Francés, había que pensar en el ganado. Debían procurar sos-

tener la temperatura del establo a un grado conveniente, caldeándolo por medio de un hogar. Y en la
construcción de éste, Nick, Luis, Mark y Mokó emplearon el primer mes del año. Robert y sus compañeros se
encargaron de abastecer la despensa, a fin de que el
jefe de cocina no diera rienda suelta a su mal humor.

Hacía tiempo que Luis pensaba en hacer una nueva exploración para reconocer la parte oriental del
Lago de la Familia. Quería saber si había allí bosques,
pantanos o dunas, y si ofrecía nuevos recursos. Lo habló con Dick.

–¿Qué te propones? –preguntó éste.

–Atravesar el lago con la canoa, para lo que basta
con tres personas. Mokó la gobernará; él conoce las
maniobras, y yo entiendo algo también. Con una vela,
si el viento nos favorece, o con los dos remos en caso
contrario, navegaremos fácilmente y recorreremos en
poco tiempo las cinco o seis millas que mide el lago en
dirección al río, y bajaremos hasta su desembocadura. Pienso qu e como no participé de la anterior, me
toca ahora ser útil a mis compañeros.

–¡Útil! –exclamó Dick–. ¡Cuántos servicios nos has
prestado, mi querido Luis! Te has sacrificado más que
ninguno.

–Exageras, Dick. Todos hemos cumplido con nuestro deber. En fin, ¿queda convenido?

–Como gustes. ¿Quién será el tercer expedicionario?

–He pensado en llevarme a Santiago. Tal vez en esta
excursión, estando sólo conmigo...

–Tienes razón, llévate a Santiago, y prepara tu
marcha.

–Nuestra ausencia no durará más de dos a tres días.

El mismo día el americano participó a sus compañeros la proyectada expedición. Robert se mostró muy despechado.

–¡Todas las preferencias son siempre para él!

Cuando el grumete supo que trocaría sus labores de cocinero por las de patrón de canoa, no pudo ocultar su alegría. Santiago pareció bastante satisfecho por ir con su hermano.

El 4 de febrero se embarcaron en el dique del Río Zelandia. Partieron con buena brisa; la vela fue desplegada y Mokó se instaló a popa y asió el timón. Aunque la superficie del lago se hallaba apenas rizada, la canoa sintió vivamente el efecto de la brisa y su velocidad se aceleró, hasta que el sol empezó a calentar. El viento dejó de soplar.

–Qué lastima que la brisa no haya durado todo el día.

–Peor sería, señor Briant –dijo Mokó–, que el viento fuera contrario.

–¡Eres filósofo, Mokó!

–No sé lo que significa esa palabra, pero tengo por costumbre conformarme con los acontecimientos.

–¡Pues en eso consiste la filosofía!

–Entonces pongámonos a remar, señor Briant.

–Dime lo que tengo que hacer, Mokó –dijo Santiago–, y maniobraré lo mejor que pueda.

A eso de las cuatro, divisaron algunas copas de árboles por encima de una ribera bastante baja. La Isla Chairman no tenía más altura que la del acantilado situado entre Bahía Sloughi y Lago de la Familia. En algunos sitios el agua era tan clara que veían el fondo, lleno de plantas acuáticas, donde retozaban millares de peces de variadas clases.

—Allí está el río señalado en el mapa —exclamó de pronto Luis.

—Lo veo, y me parece que debemos bautizarlo —dijo Mokó.

—Tienes razón. Llamémoslo Río Este puesto que corre hacia oriente. Aquí pasaremos la noche y al amanecer dejaremos que la canoa siga la corriente, lo que nos permitirá examinar ambas orillas.

Los tres muchachos saltaron a la pequeña caleta, amarraron fuertemente la canoa al tronco de un árbol, encendieron un buen fuego, cenaron y se durmieron profundamente.

—¡Vamos, en marcha! —exclamó Luis despertándose el primero al día siguiente.

En algunos minutos estuvieron otra vez navegando.

—En cuanto lleguemos al mar y veamos si hay o no alguna tierra cerca de la isla, nos volveremos —dijo Luis.

Se hallaban en pleno bosque, en medio de una exuberante vegetación. Luis reconoció cierto árbol.

—¡Debe ser el pino que da los piñones!

—Si no se equivoca —dijo Mokó—, vale la pena que nos detengamos.

Atracaron la canoa a la orilla e hicieron buena provisión de piñones. Continuaron su viaje, viendo a través de los árboles muchos ñandúes, vicuñas, algunos guanacos y otros animales que ciertamente hubieran ofrecido a Robert ocasiones de lucir su destreza.

Luego notaron que el bosque aparecía menos frondoso y que la brisa anunciaba la proximidad del mar. Llegaron por fin cerca de las rocas que se levantaban en el litoral, y Mokó arrimó la canoa a la orilla izquierda, la ató fuertemente, y los tres desembarcaron.

¡Qué aspecto tan diferente a la costa del oeste! Ésta era una vasta bahía que le pareció a Luis perfectamente habitable, pero en cuanto a continente o tierra, no se veía nada. La Isla Chairman estaba tan aislada por el oriente como por el occidente. Luis esperaba aquel aislamiento; sin embargo, creyó oportuno dar a aquella parte de la isla el nombre de Bahía del Desengaño.

–¡Vamos –dijo–, no es por aquí por donde llegaremos a Nueva Zelandia!

La tarde la emplearon los muchachos en recorrer aquella parte de la costa, abrigada por grandes grupos de árboles que avanzaban hasta la base de las rocas. El aspecto característico era el amontonamiento de enormes rocas de granito en un desorden verdaderamente grandioso. Luis halló más de una docena de grutas, tan abrigadas, que se preguntó por qué razón el náufrago francés no se había establecido allí. Escalaron un amontonamiento parecido a un enorme oso. Hacia el sur se veía una gran extensión de dunas; hacia el norte terminaba en una punta que limitaba con una llanura arenosa. En suma, la Isla Chairman era fértil sólo en su parte central, en donde el agua del lago le daba vida, desahogándose por varios ríos que se desprendían de sus orillas. Al noreste, casi en el límite del horizonte, se veía una mancha blancuzca que hubiera podido confundirse con una nube si el cielo no hubiera sido de una pureza sin igual. Después de observarla mucho, Luis aseguró que no se movía y que su forma no variaba.

–No comprendo lo que es –dijo–, como no sea una montaña... o un reflejo luminoso del agua.

Después de comer en la desembocadura del río, Luis y su hermano fueron a dar un paseo por la playa y Mokó fue por la orilla en busca de piñones. Cuando volvió oyó gritos y gemidos. El buen negrito no titubeó un solo instante en correr hacia la playa. Lo que vio le impidió seguir adelante. Santiago estaba arrodillado a los pies de su hermano. El grumete hubiera querido retirarse, pero era demasiado tarde. Lo oyó todo. Conocía ya la falta que Santiago había cometido y que acababa de confesar a su hermano.

–¡Desgraciado! ¿Cómo es posible? ¿Fuiste tú... tú quien hizo eso? Tú tienes la culpa...

–¡Perdóname, hermano, perdóname!

–¡Por eso te alejabas de tus compañeros! ¡Les tenías miedo! ¡Y lo comprendo! ¡Que no lo sepan nunca! ¡Nunca, ni una palabra!

Mokó hubiera dado cualquier cosa por no haber sorprendido aquel secreto; pero como le repugnaba fingir con Luis, algunos instantes después, cerca de la canoa, le dijo en voz baja:

–Señor Briant, lo he oído todo.

–¡Cómo! ¿Sabes que Santiago?...

–Sí, y hay que perdonarlo.

–¿Lo perdonarán los demás?

–Tal vez, pero más vale que no sepan nada. Por mi parte tenga la seguridad de que seré mudo.

–¡Gracias, mi buen Mokó! –murmuró Luis estrechándole la mano.

El joven no le dirigió la palabra a su hermano, que sentado al pie de una roca, estaba aún más abatido que antes de ceder a las instancias de Luis confesándole su culpa.

Al anochecer se embarcaron y, después de una feliz travesía durante la que Luis y su hermano no habían cruzado palabra, la canoa fue vista por Dan, que pescaba en las orillas del lago.

Luis juzgó prudente ocultar aun a Dick el secreto sorprendido por Mokó; pero en cuanto al relato de la expedición lo hizo detalladamente, concluyendo que, por desgracia, la Isla Chairman debía hallarse a muchos centenares de kilómetros de cualquier continente o archipiélago. Convenía, pues, armarse de ánimo para luchar contra las contrariedades de la vida y concretarse a esperar casuales e imprevistos socorros; así que cada cual se dedicó de nuevo al trabajo para preparar todo lo necesario en previsión del próximo invierno, sobresaliendo Luis en celo y espíritu de trabajo. El muchacho parecía menos comunicativo que antes de su reciente excursión, demostrando, como su hermano, una propensión a apartarse de los demás. Dick, al notar este cambio en el carácter de su amigo, observó también que siempre que se presentaba ocasión de hacer algo en que se corrieran peligros, Luis se lo encargaba Santiago, y éste lo desempeñaba apresuradamente y sin murmurar. Como Luis no dijo jamás una palabra respecto a esto, Dick no preguntó nada, si bien tenía la casi certeza de que ambos hermanos habían tenido una explicación.

Durante la primera quincena de marzo, Robert tuvo la idea de explorar parte de la comarca de los Pantanos del Sur. Nick fabricó al efecto varios pares de zancos, que les permitirían aventurarse en sitios cubiertos de agua sin mojarse los pies.

Hechos los preparativos, Robert, James y George, después de atravesar el río en la canoa, desembarcaron en la orilla izquierda, llevando cada cual su escopeta. Se calzaron los zancos para entrar al pantano. Turpin los acompañaba, saltando alegremente por los charcos. Al llegar a un parte seca, se quitaron los zancos y pudieron proseguir con más comodidad.

Millares de aves acuáticas se presentaron a su vista. Al ver una bandada de flamencos, Robert y sus compañeros echaron a correr para cogerlos, sin saber que estas aves tienen sus propios ojeadores y centinelas, los que dieron un chillido parecido al de una trompeta en el momento del peligro, haciéndolos huir a toda velocidad. No obstante, los muchachos regresaron con bastante caza.

Dick se preparaba para que los fríos no los tomaran desprevenidos, pero también el programa de estudio continuaba. Robert, que contaba con suceder a Dick dentro de dos meses, hacía alarde de superioridad, cosa que le granjeaba pocos amigos. Dick, por su parte, aunque podía ser reelegido, no manifestaba empeño en conservar su puesto. Sus maneras algo duras y su espíritu práctico habían desagradado en muchas ocasiones a sus gobernados. Los pequeños le reprochaban su economía en los postres dulces y sus castigos cuando entraban en la gruta con una mancha o desgarrón: se quedaban sin postre. Los niños sabían también que los dos cocineros, Mokó y Mark, eran adictos a Luis, y si éste fuera algún día jefe de la Isla Chairman, podían prometerse un bello porvenir que no carecería de golosinas.

¡Y véase de qué nimiedades dependen algunas veces las cosas de la vida! Esta colonia, ¿no es ciertamente la imagen viva de la sociedad, y estos niños no son el fiel retrato de los hombres serios en sus manifestaciones de ciudadanos?

Una tarde de abril, ocho de los colonos repartidos en dos bandos, jugaban a lanzar dos especies de tejos con un agujero al centro que debían encajar uno en una primera barra y el otro en la segunda. Robert estaba en un bando y Luis en el otro. Ambos bandos tenían cinco puntos y no quedaban más que dos tejos para tirar.

Al tocarle a Robert, su tejo no alcanzó la barra sino por fuera y en vez de encajarse, cayó a tierra, ganando un solo tanto.

Lanzó Luis y arrojó con tanta destreza que el tejo quedó perfectamente encajado en la barra.

–¡Siete puntos! –exclamó triunfalmente Mark–. Hemos ganado la partida.

–¡No han ganado porque Luis hizo trampa! –gritó Robert.

–¿Yo? –dijo éste palideciendo intensamente.

–Sí –respondió Robert–. No tenías los pies en la raya, pues te adelantaste dos pasos.

–¡Te equivocas! –repuso Luis.

–¿Dices que yo miento? –exclamó Robert, acercándose lentamente a su compañero.

James y Peter se colocaron detrás de él para apoyarlo, mientras Nick y Mark estaban prontos a ayudar a Luis.

Robert, bravucón clásico, tiró su chaqueta, dobló hasta el codo las mangas de su camisa y enrolló su pañuelo alrededor de su muñeca.

Luis estaba inmóvil como si le repugnara pelearse con uno de sus compañeros y dar mal ejemplo a los demás colonos.

–¡Tienes miedo! –le gritó Robert.

–¿Miedo yo?

–¡Sí, porque eres un cobarde!

Al oír aquel nuevo insulto, Luis levantó sus mangas y avanzó resueltamente hacia Robert.

La lucha iba a empezar cuando llegó Dick avisado por Tom.

–¡Me ha llamado embustero! –exclamó Robert.

–¡Después de haberme dicho que hacía trampas en el juego me llamó cobarde! –respondió Luis.

–¡Pues bien, no! –exclamó implacable Dick–. Soy su jefe y me opongo a todo acto de violencia entre ustedes. Luis, entra a la Gruta. Y tú, Robert, anda a desahogar tu ira y no vuelvas hasta que comprendas que yo he cumplido con mi deber.

Luis entró al dormitorio y cuando Robert regresó a la hora de acostarse, no demostró intención alguna de volver a empezar la querella. Sin embargo, se notaba que guardaba en su corazón un gran rencor.

Cuando el frío provocó la emigración de aves, Luis cazó algunas golondrinas y les ató al cuello un pequeño saquito de tela que encerraba un escrito indicando en qué parte del Pacífico debería ser buscada la Isla Chairman, rogando al mismo tiempo a la persona que recibiera aquel mensaje, que escribiera lo ocurrido a Auckland. Hecho esto, los jóvenes colonos soltaron las golondrinas y llenos de emoción las miraron desaparecer en dirección al noroeste. Era una esperanza tal vez ilusoria, y sin embargo Luis hizo bien en no desperdiciar aquel medio que la Providencia ponía a su alcance.

A fines de mayo cayeron las primeras nevadas. Durante este último período, la colonia se resintió de una secreta agitación, y mil sutilezas y ardides bulleron en aquellas jóvenes cabezas, pues estaba concluyendo el año de mandato conferido a Dick. Todo se volvía conciliábulos y hasta puede decirse intrigas que tenían intranquila esa sociedad en miniatura.

Llegó el 10 de junio. Por la tarde se procedería al escrutinio. Eran catorce votantes, pues Mokó no era elector. Siete votos y uno más indicarían la elección del nuevo jefe. El resultado fue el siguiente:

Luis Briant, 8 votos

Robert Doniphan, 3 votos

Dick Gordon, 1 voto

Ni este último ni Robert quisieron votar. Luis dio su voto a Dick.

Al oír proclamar tal resultado, Robert no pudo ocultar su desencanto ni la profunda irritación que experimentaba.

Luis, muy sorprendido por haber obtenido mayoría de votos, estuvo a punto de rechazar la honra que se la dispensaba, pero sin duda una idea que le vino a la imaginación, mirando a su hermano, le hizo reflexionar, y dijo:

–¡Gracias, compañeros, acepto!

Y desde aquel día el bondadoso y enérgico Luis quedaba convertido en jefe de la colonia durante un año.

Capítulo X

DIVISIÓN DE LA COLONIA Y UNA NOCHE ALUCINANTE PARA LOS REBELDES

Lo que sus compañeros se habían propuesto eligiendo a Luis, era recompensarlo por su carácter servicial, por el valor que había demostrado y por su incansable celo en pro del interés común. Todos lo querían, particularmente los niños. Robert y sus partidarios eran los únicos que se negaban a reconocer sus cualidades. Luis se propuso no darles la más mínima ocasión de queja.

–Quiero que estemos en posición de hacer mucho más de lo que hemos hecho hasta aquí para redimir tu falta –dijo el nuevo jefe a su hermano.

–Gracias –respondió Santiago–, y te suplico que me des todos los trabajos más difíciles.

Antes de que los grandes fríos impidieran toda excursión a Bahía Sloughi, Luis tomó una medida que no dejaba de tener su utilidad. Pidió a Nick que con los juncos que abundaban a orillas del pantano, construyera una especie de globo que no se destrozaría con los vientos. Una vez listo, hicieron una última excursión a Bahía Sloughi el 17 de junio, y aquel globo, visible a varios kilómetros, sustituyó al pabellón del Reino Unido.

El programa de invierno tuvo las mismas condiciones que el anterior. Todos cumplían sus tareas. Dick admitió que el carácter de Santiago iba modificándose, y Mokó veía con placer que el pobre niño tomaba ya parte en los juegos de sus compañeros.

La constante preocupación de Luis era la vuelta a Nueva Zelandia. Cuando preguntaba a Nick si podían construir una embarcación, éste negaba con la cabeza.

–¡Ah! –exclamaba muchas veces Luis–. ¿Por qué no somos más que niños, cuando sería preciso que fuéramos hombres?

El frío horrendo bajó hasta treinta grados bajo cero, congelando totalmente el lago y el río. Cuando a mediados de agosto la temperatura subió hasta unos ocho bajo cero, y siendo el hielo bastante consistente, Luis tuvo la idea de proporcionar a sus compañeros una diversión muy apreciada en Nueva Zelandia. Encargó a Nick que construyera patines, cosa que alegró sobremanera a los jóvenes colonos.

Así una mañana casi todos los muchachos se dirigieron al lago en busca de un buen sitio donde patinar. Antes de comenzar la diversión, Luis los reunió y les dijo:

–Supongo que no necesito recomendarles que este ejercicio no sea motivo de amor propio. No hay que temer que el hielo se rompa, pero sí los brazos y las piernas. No se alejen demasiado y cuando oigan sonar la corneta, es señal de que todos deben reunirse con nosotros.

Robert no tardó en alejarse y haciendo una seña a Peter, le gritó:

–¡Eh, Peter! Veo allí una bandada de ánades. Tengo mi escopeta y tú la tuya, ¿vamos a cazar?

–Pero Luis ha prohibido...

–¡Déjame en paz con tu Luis! ¡En marcha, y a escape!

Luis los vio alejarse con honda preocupación, que aumentó cuando un poco más tarde el horizonte se ocultó debido a una espesa capa de niebla. Al pasar las horas, decidió ir en su búsqueda.

–¡Yo, iré yo! –dijo Santiago–, con patines los alcanzaré pronto.

Por fin, un poco antes de las cinco, divisaron dos sombras a través de las brumas del lago. Eran Peter y Robert. Santiago no venía con ellos. Al momento de la partida de Santiago en su busca, los dos cazadores habían tomado ya la dirección de la Gruta, mientras Santiago se dirigía al este.

–¡Soy yo el que debía haber ido! –repetía sin cesar Luis.

Caía ya la noche cuando vieron un punto negro que se movía. Luis cogió el anteojo.

–¡Alabado sea Dios! –exclamó–. ¡Es él!

–¡Parece que no viene solo! –exclamó Nick–. Se ven otros dos puntos negros tras él.

–¡Parecen animales! –dijo George.

–¡Fieras, tal vez! –exclamó Robert, y sin titubear un instante, tomó su escopeta y avanzó hacia Santiago. Disparó sobre los dos animales, que desaparecieron en seguida.

Eran dos osos que nuestros colonos no esperaban hallar entre la fauna de la Isla Chairman. ¿Vendrían de fuera? Esto indicaría que algún continente no estaba lejos...

–Te había prohibido alejarte –dijo Luis a Robert–, y ya ves cómo tu desobediencia ha podido ocasionar una gran desgracia. Sin embargo, aunque te hayas portado mal, Robert, debo darte las gracias por haber salvado a mi hermano, y te las doy de todo corazón.

–He cumplido con mi deber, y nada más –respondió con frialdad el altanero muchacho, sin tocar siquiera la mano que Luis, generoso y conmovido, le había tendido.

Seis semanas después de estos acontecimientos, un día, a las cinco de la tarde, cuatro jóvenes colonos acababan de detenerse en la extremidad meridional del Lago de la Familia. Eran Robert, Peter, James y George, y he aquí en qué circunstancias se habían separado de sus compañeros.

Durante las últimas semanas de este segundo invierno que los jóvenes colonos acababan de pasar en la Gruta del Francés, las relaciones se habían puesto muy tirantes entre Robert y el jefe de la colonia, lo que hacía muy penosa la existencia. Siempre Robert y sus amigos se reunían en algún rincón, y hablaban en voz baja.

–Estoy en lo cierto –dijo un día Luis al americano–, de que traman alguna cosa. He visto a George copiar el mapa del náufrago. Es posible que piensen separarse de la colonia.

–Es de temer –repuso Dick–, y me parece que no tenemos derecho a impedírselo.

–En verdad no sé si para que cesara este estado de cosas, valdría más que dimitiera mi cargo en favor tuyo o del mismo Robert. De ese modo desaparecería todo motivo de rivalidad.

–¡No, Luis, no! –respondió el americano con energía–. ¡Faltarías a tus deberes para con aquellos que te han elegido!

Pasaron los últimos fríos. En los primeros días de octubre el tiempo mejoró tanto que se deshelaron los ríos y el lago. El 9 de ese mes Robert dio a conocer que había tomado la decisión de dejar la Gruta con sus tres amigos, James, Peter y George.

–¿Quieren abandonarnos? –dijo Dick.

–¿Abandonarlos? ¡No, Dick! –respondió Robert–. Sólo tenemos el proyecto de establecernos en otra parte de la isla.

–¿Y por qué? –preguntó Nick.

–Por una razón muy sencilla; porque deseamos vivir a nuestro antojo, y además, te lo digo con toda franqueza, porque no queremos recibir órdenes de Luis.

–¿Qué tienes que reprocharme, Robert?

–Nada, sino que seas nuestro jefe. Lo ha sido ya un americano, ahora es un francés el que nos gobierna. Ya no falta más sino que nombren a Mokó... Lo cierto es que si place a nuestros compañeros tener por jefe a uno que no sea inglés, semejante cosa no acomoda ni a mis amigos ni a mí.

–Está bien –dijo Luis–, son libres y pueden marcharse y llevarse los objetos que les corresponden.

–Jamás lo hemos dudado, Luis, y mañana nos marcharemos.

–¡Ojalá no tengan que arrepentirse de su decisión! –exclamó Dick.

He aquí el proyecto de Robert: cuando Luis hizo el relato de su excursión a la parte oriental de la isla, afirmó que la pequeña colonia hubiera podido instalarse allí en muy buenas condiciones, pues las rocas presentaban muchas grutas; los bosques confinaban con la playa y el Río Este abastecía aquella comarca de agua dulce; la caza de pelo y de pluma abundaba en sus orillas, en fin, la vida debía ser allí al menos tan cómoda como en la Gruta del Francés y la distancia que separaba a ésta de Bahía del Desengaño no era tan grande para impedir toda comunicación, en caso de absoluta necesidad.

El insurrecto, llamémoslo así, no se proponía atravesar el lago, sino seguir la orilla hasta la punta meridional, doblarla, y remontar por la parte opuesta hasta el Río Este, explorando una comarca que no conocían, y continuar el curso del río hasta su desembocadura. De este modo evitaba el embarque en la canoa, cuya maniobra requería manos más expertas que las suyas. Le bastaría la lanchita de goma para atravesar los ríos que encontraran.

Esta primera expedición sería de reconocimiento del litoral de Bahía del Desengaño, para escoger el sitio en que se instalarían.

Llevaron sólo sus armas, municiones, cañas de pescar, mantas, una brújula, provisiones y la lanchita de goma. Luego volverían a la Gruta del Francés por sus pertenencias y las conducirían en el carro.

La influencia de la primavera comenzaba ya a hacerse sentir. Los árboles se revestían de tiernas hojas y numerosas bandadas de pájaros volvían gorjeando a buscar sus nidos en las enramadas del bosque.

Después de un día de camino y una noche bastante fría, llegaron a la comarca pantanosa, a la que Robert llamó Tierra de Dunas.

–Si las distancias están marcadas con exactitud en el mapa –dijo Robert–, debemos hallar el Río Este a unas siete millas del extremo del lago, y podremos estar allí esta noche sin cansarnos demasiado.

–¿Y por qué no acortamos la distancia, dirigiéndonos hacia el nordeste, a fin de llegar precisamente a la desembocadura? –dijo Webb–. Nos ahorraría lo menos la tercera parte del camino.

–Sin duda –respondió Robert–, pero no me parece prudente aventurarnos por sitios desconocidos.

–Y además –añadió Peter–, nos interesa explorar el curso del Río Este.

–Nos interesa en gran manera –replicó Robert–, pues ese río establece una comunicación directa entre la costa y el lago, y además siguiendo esa ruta, tendremos la ocasión de visitar la parte del bosque que atraviesa.

Luego de una buena caminata, se detuvieron a almorzar un agutí que cazó George. El bosque y la fauna eran semejantes a los de la parte occidental. Al atardecer, hicieron un alto y descubrieron las huellas del campamento en que habían estado Luis, Santiago y Mokó en su expedición. Allí pasaron la noche Robert y sus amigos. Tal vez viéndose lejos de la abrigada mansión de la Gruta del Francés, sintieron algún pesar.

Al amanecer, el cabecilla propuso atravesar inmediatamente el río.

–Hagámoslo ahora –dijo–, y caminando ligero llegaremos antes de concluir el día a su desembocadura, que no dista de aquí más de cinco o seis millas.

–Además –dijo Peter–, como en esa orilla fue donde Mokó hizo provisión de piñones, los recolectaremos nosotros también, pues son muy sabrosos.

Desdoblaron la lanchita y una vez botada, Robert atravesó el río. Una cuerda atada a la popa, y que George sostenía por la punta, sirvió para atraerla nuevamente, y así pasaron todos a la orilla opuesta. Después, George se echó el bote a la espalda, y emprendieron otra vez la marcha, que no dejó de ser bastante penosa, a causa de la altura de las hierbas, de los árboles derribados por los huracanes y de las muchas charcas que debieron rodear.

Peter cogió cierta cantidad de piñones, que les sirvieron de postre, y después continuaron su marcha durante dos millas, no sin luchar con las penosas dificultades que les ofrecía la espesura de los matorrales, haciéndolos detenerse a cada paso. Tanta demora fue la causa de que no llegaran hasta el anochecer al límite del bosque, donde decidieron pernoctar, y desde donde oían perfectamente el rugido de las olas.

Como es natural, organizaron el campamento, cazaron algunos pájaros que les sirvieron de comida, y se acostaron en seguida. Quedó Robert encargado de mantener el fuego, debiendo ser relevado por los demás, cada cual a su momento.

George, Peter y James, tendidos bajo el ramaje de un enorme pino, y muy cansados por la marcha de aquel día, se durmieron inmediatamente.

Mucho trabajo le costó a Robert luchar con el sueño, sin embargo resistió, y cuando llegó el momento de su relevo, no quiso despertar a ninguno. Como la tranquilidad era completa después de echar algunas brazadas de leña al hogar, Robert se tendió al pie del árbol y se durmió profundamente. Volvió a abrir sus ojos cuando el Sol subía majestuosamente por el vasto horizonte del mar.

El principal cuidado de los muchachos cuando se levantaron, fue bajar siguiendo la corriente hasta la desembocadura del río, y cuando llegaron no pudieron menos de mirar con avidez aquel mar que veían por primera vez. Estaba desierto.

–Y sin embargo –dijo Robert–, si como todo lo hace creer, la Isla Chairman no se halla lejos del continente americano, las naves que salen del Estrecho de Magallanes hacia los puertos de Chile o Perú tienen que navegar hacia el oriente, y es una razón más para que vivamos en esta costa.

Observó con el anteojo y vio que la naturaleza había formado allí un puertecito en que cualquier buque podía estar al abrigo del viento y las olas. Detrás de las rocas comenzaban los bosques. Robert eligió una de las grutas más cercanas del río, que comprendía una serie de concavidades anexas.

Nuestros lectores no habrán olvidado que Luis en su excursión había subido a una altísima roca en forma de un oso gigantesco. Robert se admiró de aquel singular roquerío, y bautizó el puertecito con el nombre de Puerto Roca del Oso, el mismo que figura ahora en el mapa de la Isla Chairman.

–Me parece conveniente –dijo James– volver de inmediato a la Gruta del Francés para acarrear nuestras pertenencias.

–¿No sería bueno que al regreso atravesemos el lago y sigamos el curso del río? –dijo George.

–¿Qué te parece, Robert? –preguntó Peter.

–Tienes razón, George –repuso éste–, embarcándonos en la canoa gobernada por Mokó.

–Si el grumete consiente –replicó James en tono de duda.

–¿Por qué no había de consentir? –repuso Robert–. ¿No tengo yo tanto derecho como Luis Briant a mandarlo?

–¿Y si rehúsan darnos la canoa? –dijo James.

–¿Quién puede rehusármela? –exclamó Robert–. Si Luis se permitiera negármela...

Robert decidió reconocer la parte norte antes de regresar, lo que ocasionaba unos dos o tres días de retraso. Al día siguiente, 24 de octubre, partieron siguiendo el contorno del litoral. Detrás de la última roca encontraron una nueva corriente de agua que desembocaba en la bahía, procedente de la región norte. La llamaron Arroyuelo del Norte.

De pronto Peter señaló una enorme masa de un rojo oscuro que se movía entre las altas hierbas. Él y Robert dispararon al unísono, pero por la distancia las balas no hicieron daño al animal, que Robert reconoció como un anta, un anfibio inofensivo.

El tupido bosque recibió el nombre de Bosque de las Hayas. Al día siguiente, en medio de la tormenta que comenzaba, escucharon el murmullo inconfundible de la resaca.

Corrieron para alcanzar a echar una ojeada a aquella parte de Pacífico mientras hubiera luz.

De repente, George, que marchaba algunos pasos adelante, se detuvo señalando una masa negruzca a la orilla de la playa. Era una chalupa, y más allá, dos cuerpos humanos tirados en la arena. Rápidamente emprendieron la marcha hacia ambos cuerpos; cadáveres tal vez. Llegaron, hasta allí, mas, sobrecogidos de espanto, se volvieron precipitadamente en busca de refugio en el bosque.

La noche se presentó oscura, y los relámpagos que la alumbraban de cuando en cuando no tardaron en apagarse también. En medio de aquellas profundas tinieblas, el viento rugía, mezclándose con el ruido de las olas al estrellarse contra los arrecifes. ¡Qué tempestad tan horrible! Los árboles crujían por todas partes.

Durante toda la noche Robert y sus amigos permanecieron en el mismo sitio sin poder cerrar los ojos, sufriendo cruelmente por el frío. Además la emoción los tenía desvelados. ¿De dónde vendría aquella barca? ¿Habría alguna tierra en las cercanías puesto que una embarcación había abordado la isla? Eran preguntas tan naturales como admisibles que los muchachos, apretados uno contra el otro por efecto del miedo, se comunicaban en voz baja.

El estado de ánimo de los jóvenes era lamentable; se les figuraba oír gritos lejanos y se preguntaban si no andarían más náufragos errantes por la playa. ¡No! Era una ilusión de sus sentidos. Nada se oía, aparte de los rugidos de la tempestad.

Se arrepintieron de haber cedido a la primera impresión de espanto y quisieron volver a la playa; pero se encontraban faltos de la fuerza moral y física necesaria. Ellos, que se creían hombres, comprendían que no eran más que niños en presencia de los primeros seres humanos que hallaban desde el naufragio del *Sloughi*. Al amanecer volverían a la playa y darían sepultura a los dos cadáveres, después de rezar por el descanso de sus almas.

¡Qué interminable les pareció aquella noche! Cuando los primeros albores de la mañana se dejaron ver por el oriente, notaron que la borrasca no se había calmado, y como las nubes bajaban hacia el mar, la lluvia los alcanzaría antes de que pudieran llegar al Puerto Roca del Oso. Apenas hubo alguna claridad se dirigieron hacia la playa luchando contra el empuje del vendaval.

La embarcación estaba encallada cerca de una pequeña duna; mas los dos cuerpos que habían visto tendidos y con aspecto cadavérico, ya no estaban allí...

–¡Esos desgraciados! –exclamó George–. Debían estar vivos, puesto que han podido levantarse.

–¿En dónde estarán? –preguntó Peter.

–¿En dónde estarán, dices? –respondió Robert, señalando el mar–. ¡Pues allí, adonde seguramente la marea los ha arrastrado!

Pero no vieron nada. Los cuerpos debían haber sido sepultados en el revuelto mar.

La embarcación estaba vacía. En la popa, dos nombres indicaban a qué buque perteneció y cuál era su procedencia:

SEVERN – SAN FRANCISCO

¡San Francisco! ¡Uno de los puertos del litoral de California! El barco era estadounidense.

La costa sobre la que los náufragos del *Severn* habían sido arrojados por la tempestad, no tenía más que el mar por horizonte.

Capítulo XI

LA APARICIÓN DE KATE Y OTRA VEZ UNIDOS

Desde la partida de los colonos insurrectos, la tristeza se apoderó de sus compañeros, pues todos vieron con gran pesar aquella separación cuyas consecuencias podían ser muy graves en el porvenir. La pena de Luis era cada vez mayor, por ser su jefatura la causa de aquella decisión. Dick trataba en vano de consolarlo.

–¡Ya volverán, Luis! Antes de los fuertes fríos estarán de vuelta.

"Antes de los fuertes fríos". ¿Estarían pues condenados los jóvenes a pasar un tercer invierno en la Isla Chairman?

Recordando la bandera en la Colina Auckland, Luis tuvo la idea de construir una gran cometa que pudiera ser vista de lejos.

–Hagamos un ensayo –dijo Nick.

–Si fuera visible de día a una gran distancia –añadió Luis–, podría serlo también de noche atando a su cola uno de los faroles que poseemos.

La idea de Luis no dejaba de ser practicable y su ejecución fácil para muchachos que se habían divertido muchas veces lanzando cometas en las praderas de Nueva Zelandia. Los pequeños tomaron la propuesta con gran alegría.

–¡Le pondremos una cola muy larga! –decía uno.

–¡Y grandes orejas! –añadía otro.

–Y lanzaremos otras pequeñas en su busca.

Nick y Luis pusieron manos a la obra dos días después de la marcha de Robert y sus amigos.

–¿Se verá de todos los puntos de nuestra isla? –preguntó Dan.

–Y de mucho más lejos aún –respondió Luis.

–¿La verán desde Auckland? –preguntó Tom.

–¡No tanto! –respondió Luis sonriendo–, pero Robert y los demás sí, y tal vez esto los decida a volver.

Nick dio forma octogonal a la cometa, utilizando una especie de caña y cubriéndola con una tela delgada e impermeable que servía para cubrir las claraboyas del *Sloughi*. La adornó con una magnífica cola.

El 16 de octubre por la mañana estaba todo listo para lanzarla. En el momento de dar la orden, Luis mandó suspender la maniobra. La causa era la extraña conducta de Turpin, que iba y venía rápidamente hacia el bosque, lanzando quejumbrosos ladridos.

–¡Vamos a ver qué hay! –dijo Mark.

–¡Pero no sin armas! –respondió Luis.

Mark y Santiago entraron en la Gruta, saliendo al poco rato cada cual con una escopeta cargada. Y los tres, acompañados de Dick, se dirigieron hacia la orilla del Bosque de las Trampas. A unos cincuenta pasos vieron al perro delante de un árbol, a cuyo pie yacía una forma humana.

¡Era una mujer, tendida, inmóvil y muerta al parecer! Su traje era de tela bastante ordinaria y con un pañuelo de lana oscura atado a la cintura; sus ropas estaban en buen estado y, aun cuando la desgraciada no representaba más de cuarenta y cinco años, y era de constitución robusta, su cara presentaba las huellas de grandes sufrimientos. Había perdido el conocimiento, pues se notaba que un ligero soplo pasaba por entre sus labios entreabiertos.

¡Cuál no sería la emoción que experimentaron los jóvenes colonos en presencia de la primera criatura humana que veían desde su llegada a la Isla Chairman!

–¡Respira! ¡Respira! –exclamó Dick.

En seguida Santiago echó a correr y trajo un poco de comida y un frasquito de brandy. Luis entreabrió los labios de la mujer y logró introducir en su boca algunas gotas del fortificante licor.

La mujer hizo un movimiento, sus párpados se levantaron; su mirada se animó al ver a los muchachos reunidos en torno suyo... y luego llevó a sus labios con avidez la comida que le ofrecía Santiago. Era evidente que la infeliz se estaba muriendo de hambre y fatiga.

Pero, ¿quién era aquella mujer? ¿Sería posible cambiar con ella algunas palabras? Pronto salieron de la duda. La desconocida se incorporó y dijo en inglés:

–¡Gracias, hijos míos, gracias!

Ya instalada en la Gruta, la mujer contó su historia.

Era estadounidense, había vivido mucho tiempo en los territorios del Lejano Oeste en los Estados Unidos. Se llamaba Catalina Ready, o sencillamente Kate. Era ama de llaves de la casa de William Penfield, en Albany, capital del estado de Nueva York. Hacía un mes la familia, queriendo dirigirse a Chile, había viajado a San Francisco para embarcarse en el navío mercante *Severn*. Llevaron a Kate, a quien consideraban parte de la familia.

Habrían llegado a destino si los ocho tripulantes no hubieran sido unos miserables de la peor especie. Nueve días después de la salida del puerto de San Francisco, uno de ellos llamado Walston, ayudado por sus compañeros Brandt, Rock, Henley, Forbes, Book, Cope y Pike, provocó una rebelión, en la cual murieron el capitán, su segundo y el señor y la señora Penfield. Sólo se salvaron Kate, por quien intercedió Forbes, menos cruel que sus cómplices, y el timonel Evans. Los hechos ocurrieron en la noche del 7 al 8 de octubre, cuando el *Severn* se hallaba a unas doscientas millas de la costa chilena. El objetivo de los malvados era apoderarse del barco para dedicarse a la trata de negros. Bajo pena de muerte obligaron a Evans a maniobrar de modo que doblara el Cabo de Hornos, para enfilar hacia África. Pero se declaró un incendio a bordo, que destruyó completamente el *Severn*. En él murió Henley. Echaron una chalupa al mar y se alejaron del barco en llamas. Dos días después estalló una violenta tormenta y la chalupa fue empujada por los vientos hacia la Isla Chairman, donde se destrozó en los arrecifes, en la noche del 15 de octubre. Una ola arrastró a cinco de aquellos malvados, y los otros dos fueron lanzados a la arena, mientras Kate caía del lado opuesto.

Estos dos hombres permanecieron desvanecidos bastante tiempo. Pero Kate se recuperó rápidamente, y se quedó inmóvil esperando que fuera de día. A eso de las tres de la mañana oyó pasos. Eran Walston, Brandt y Book, que habían escapado de la ola que los arrastró y que después de atravesar el arrecife llegaron al sitio en que yacían sus compañeros Forbes y Pike. Los reanimaron, mientras Evans era custodiado por Cope y Rock.

Kate había oído la conversación sostenida entre ellos, y así la relató a los muchachos:

"–¿En dónde estamos? –había preguntado Rock.

"–No lo sé –respondió Walston–, pero poco importa. Avancemos hacia el este y cuando llegue el día veremos qué se hace. Nuestras armas y municiones están intactas para defendernos en este país de salvajes.

"–¿Qué ha sido de Kate? –preguntó Rock.

"–Nada hay que temer de ella –repuso Walston–. La vi caer por encima de la borda.

"–Más vale así –replicó Rock–. Sabía demasiado.

"–De nada le hubiera valido toda su sabiduría –dijo Walston, sobre cuyas intenciones no había lugar a equivocarse".

–Luego –continuó Kate– se alejaron, llevándose todas las provisiones de la chalupa.

Se comprenderá por qué Robert, George, James y Peter no hallaron por la mañana a los náufragos.

Los acontecimientos que relató Kate eran de suma gravedad, pues daban a conocer que en la Isla Chairman, en donde los náufragos del *Sloughi* habían vivido hasta ese momento con tanto sosiego, había ahora siete hombres capaces de todos los crímenes. Esos bandidos querrían apoderarse del material, de las provisiones, de las armas y herramientas que tan útiles podían serles para poner la chalupa en estado de navegar. ¿Qué resistencia podían oponer Luis y sus compañeros? Un día u otro, Walston los descubriría.

Oyendo el relato de Kate, Luis no tenía más que un pensamiento, y era que si el porvenir se presentaba lleno de peligros, éstos serían mayores para Robert, George, James y Peter, ignorantes de la presencia de los náufragos que, precisamente, exploraban el sector a que éstos se habían dirigido.

—Hay que ir en su socorro —dijo Luis.

—Y traerlos aquí —añadió Dick.

—Iré a buscarlos en la canoa con Mokó —dijo Luis—. Partiré esta misma noche.

Hasta la noche permanecieron todos encerrados, contando sus aventuras a Kate.

Mokó, cuya abnegación no retrocedía ante ningún peligro, se alegraba mucho de acompañar a Luis en su expedición. Ambos se embarcaron llevando algunas provisiones y armados cada uno con un revólver y un cuchillo de monte. En dos horas la canoa atravesó el lago, y se detuvo en el mismo sitio de su primera excursión. Luis desembarcó al ver restos de una fogata. ¿Sería Walston o Robert? Saltó a tierra solo, y empuñó su cuchillo.

De repente se detuvo; le pareció ver a unos veinte pasos una sombra que se arrastraba entre la hierba. Se oyó un formidable rugido. Era un jaguar de gran tamaño. Luis oyó en seguida una voz que gritaba:

–¡Socorro! ¡Socorro, a mí!

Luis reconoció la voz de Robert que, derribado por el jaguar, se debatía desesperadamente, sin poder hacer uso de sus armas.

George, despertado por los gritos, acudió con la escopeta preparada para hacer fuego.

–¡No tires! –exclamó Luis.

Y antes de que George pudiera reconocerlo, Luis se precipitó sobre la fiera, que se revolvió contra él, mientras Robert se levantaba con presteza.

Felizmente, Luis pudo echarse a un lado, después de apuñalar al jaguar, y lo hizo con tanta rapidez, que ni Robert ni George tuvieron tiempo de intervenir. El animal, herido mortalmente, cayó en el momento en que James y Peter se lanzaban en socorro de Robert. Pero faltó poco para que la victoria costara cara a Luis, uno de cuyos hombros fue desgarrado por las garras del jaguar.

–¿Cómo estás aquí? –preguntó George.

–Ya te lo diré –respondió Luis–. ¡Vengan conmigo, pronto!

–No antes de que te haya dado las gracias –dijo Robert–. ¡Me has salvado la vida!

–He procedido tal como tú lo hubieras hecho en mi lugar –replicó Luis.

Mientras vendaban la herida de Luis, éste los puso al corriente de la situación. ¡De modo que esos hombres que creyeron cadáveres estaban vivos y andaban errantes por la isla!

–¡Ah, Luis, vales más que yo! –exclamó Robert en un arranque de agradecimiento y muy conmovido.

–No, Robert, amigo mío –respondió Luis–. Y puesto que me tiendes tu mano, no la suelto hasta que me prometas volver a la Gruta.

–Sí, Luis –prometió Robert–. Cuenta conmigo. En adelante seré el primero en acatar tus órdenes.

–Partiremos de inmediato. Mokó está aquí, nos espera con la canoa. Íbamos a entrar en el Río Este cuando divisé la lumbre que habían encendido.

–¡Y llegaste a tiempo para salvarme! –repitió Robert.

En la madrugada desembarcaban en el dique del Río Zelandia. Estaban todos juntos en la Gruta del Francés.

La colonia se hallaba completa, o más bien aumentada por la buena Kate. En adelante reinaría en la Gruta una perfecta concordia. Y debía serlo, porque la situación era gravísima.

Robert dio señales de comprender con claridad lo censurable de su acto de terquedad y orgullo; modificó su carácter y dominó sus envidias y rencores.

Luis le preguntó si cuando volvían de Bahía Severn a la Roca del Oso habían visto algo que hiciera sospechar la presencia de Walston y los marineros.

–No –repuso Robert–, pero es seguro que se dirigió al este por la costa. Allí hay una vasta comarca en donde esos malvados habrán tal vez buscado refugio, sin apartarse mucho del sitio en que está encallada la chalupa.

–Como no sea –dijo Luis– que haya encontrado las huellas del campamento de ustedes y tenga la intención de indagar algo más.

El mes de octubre había concluido, y Walston no había sido visto aún en los alrededores del Río Zelandia.

¿Se habría marchado en la chalupa después de repararla? Ignoraban lo que podía suceder de manera que sus costumbres tuvieron que modificarse. Se prohibieron las excursiones y las escopetas debieron descansar. Pero como no faltaban trampas cerca de la Gruta, la mesa se hallaría siempre surtida de alimentos frescos. En aquella época un nuevo descubrimiento vino a aumentar el bienestar de la colonia.

El descubrimiento se debió a Kate. Había en el límite del Bosque de la Hondonada cierto número de árboles que no habían sido cortados para leña, porque su madera es fibrosa y no sirve para las estufas. Cuando lo vio Kate, exclamó:

–¡He aquí un árbol vaca!

Tom y Jack se echaron a reír.

–¿Cómo árbol vaca? –preguntó Tom.

–Se llama así porque da leche, y es mejor que la de las vicuñas.

Dick lo examinó y dijo que era una especie que crece en los bosques de América del Norte.

–¡Pues bien –exclamó Mark–, si es árbol vaca, hay que ordeñarlo!

Dick hizo una incisión en el tronco, y Kate recogió por lo menos dos litros del líquido en una vasija.

Era un hermoso licor blanco, de gusto muy apetitoso, que encierra los mismos elementos que la leche de vaca, y es aún más nutritivo y de un sabor mucho más agradable. La vasija fue vaciada en un instante. Jack se relamía como un gatito y Mokó pensaba en las buenas cosas que haría con esa leche.

En verdad la isla tenía recursos suficientes para una numerosa colonia. ¡Lástima grande que no hubiera ahora seguridad! ¡Cuántos descubrimientos podrían hacerse!

Luis tuvo la idea de salir con algunos de los muchachos a reconocer la región este, pero corría riesgo de caer en manos de Walston. Entonces Kate hizo una proposición.

–Luis –dijo una noche–, ¿me permite ausentarme mañana al amanecer?

–¿Quiere dejarnos, Kate?

–Sí. No pueden permanecer más tiempo en la incertidumbre, y para saber si Walston está o no en la isla, pienso ir al sitio en que nos arrojó la tempestad. Si la chalupa se halla todavía allí, es señal de que no ha partido aún. Y si no está, ya no tendremos nada que temer.

–Es exactamente lo que hemos pensado hacer Luis, Nick, George y yo –dijo Robert.

–No –replicó Briant–. ¡Jamás permitiremos que Kate se arriesgue así!

Se rechazó el plan del jefe de la colonia y la proposición de Kate. ¿Qué hacer sin exponerse a serios peligros? La imaginación de Luis no se daba un minuto de descanso. De pronto pensó en aquella cometa que no pudieron lanzar a causa de la llegada de los náufragos del *Severn*. El joven recordaba haber leído en un periódico que a finales del siglo XVIII una mujer había tenido el valor de elevarse por los aire suspendida de una cometa. ¿No podía hacerlo él? Al subir la cometa, podía él ascender con ella, y elevándose un centenar de metros dominaría grandes extensiones de territorio. Bien madurado ya el plan, en la tarde del 4 de noviembre reunió a Dick, Robert, George, James y Nick y les hizo conocer su propósito de utilizar la cometa.

–¿Utilizar la cometa? ¿En pleno día?

–No –respondió Luis–, porque Walston la vería, mientras que de noche...

–Lo mismo sucederá si le pones una luz –replicó Robert.

–No se la pondré.

–¿Para qué servirá entonces?

–Para ver si los marinos del *Severn* están aún aquí.

Sus compañeros no se extrañaron del atrevimiento de Luis; ya estaban acostumbrados.

–Pienso –añadió Luis– que debemos darle mayor tamaño y solidez. Todo depende de las dimensiones del aparato y de la fuerza del aire en el momento de la ascensión.

–Hay que hacerlo de inmediato –exclamó Mark–. ¡Estoy cansado de no poder ir y venir a mi antojo!

–¡Y nosotros de no poder revisar las trampas! –agregó George.

–¡Y no poder disparar un tiro! –dijo Robert.

Cuando Luis y Dick se encontraron solos, éste le dijo:

–¿Cuál de nosotros consentirá en arriesgar la vida en esa atrevida excursión aérea?

–¡Tú el primero, Dick! Sí, tú mismo, si la suerte te designa.

–¡Ah! ¿Es la suerte la que ha de decidir?

–No precisamente, Dick. ¡Es necesario que el que realice la ascensión lo haga con plena voluntad!

–¿Está hecha tu elección?

–¡Tal vez!

Y Luis se marchó, después de estrechar la mano del americano.

Capítulo XII

VIGILANCIA AÉREA Y PREPARACIÓN DE DEFENSA

En la mañana del 5 de noviembre, Luis y Nick pusieron manos a la obra; pero antes de dar a la cometa dimensiones más considerables, juzgaron necesario probarla para saber el peso que podría resistir tal cual era, ya que debería soportar después un peso no inferior a sesenta kilos. La operación salió a las mil maravillas, comprobándose que el aparato levantaba un peso de diez kilos.

La cometa fue entonces tendida en el piso en la Terraza del Deporte. Nick consolidó su armadura por medio de cuerdas que se unían en un nudo central, como las varillas de un paraguas. Después la agrandaron con un suplemento de cañas y nuevas telas, que Kate cosió con destreza. Le ataron una cuerda muy fuerte encontrada entre el material del *Sloughi* y que medía cerca de seiscientos metros. Para este nuevo empleo, la cometa no necesitaba tener cola, cosa que ponía de mal humor a Tom y a Jack; pues aun cuando llevaría el apéndice necesario para su equilibrio y para conducir al aeronauta, no tendría ni la forma ni la extensión que ellos hubieran deseado.

Colocaron el peso de resistencia en el tercio de la armazón, fijándola en uno de los dos travesaños que sostenían la tela en sentido longitudinal. Dos cordeles muy resistentes, amarrados a aquel travesaño, lo sostendrían de modo que se encontrara suspendido a unos veinte pies más abajo. Prepararon una cuerda como de cuatrocientas varas, lo que permitiría elevarse a unos ochocientos pies del suelo. Por último, para disminuir en lo posible los riesgos de una caída, se convino en que la ascensión se verificaría sobre el lago.

Terminado el aparato, pudo apreciarse que tenía unos setenta metros cuadrados; era de forma octogonal; con su fuerte armazón, completamente impermeable, no era dudoso que el aire levantaría fácilmente un peso de sesenta kilos. La barquilla para el aeronauta era sencillamente una canasta de mimbre, bastante profunda para que quien entrara en ella estuviera hundido hasta el pecho, con libertad de movimientos, y amplia para salir pronto en caso necesario. ¿Cómo haría la señal de que bajaran la cometa el que subiera a la barquilla?

—Una señal luminosa es imposible —dijo Luis—, pues Walston podría verla. Baxter y yo hemos pensado en lo siguiente: tomaremos un bramante de un largo igual al de la cuerda de la cometa, y después de haber agujereado una bala de plomo, pasaremos por ella el bramante, que se atará a la barquilla, mientras que la otra punta quedará aquí, en manos de uno de nosotros. Cuando se quiera bajar, se soltará la bala, que se deslizará por el bramante, dando la señal de bajada.

—¡Perfectamente ideado! —respondió Robert.

Aquella misma noche hicieron el ensayo previo. La cabria del *Sloughi* había sido colocada en el centro de la Terraza del Deporte, y sólidamente hundida para que resistiera a la tracción de la cometa, disponiéndose también la larga cuerda de tal modo, que se desenrollara sin dificultad al mismo tiempo que el bramante. Luis colocó en el cesto un saco de tierra que pesaba sesenta y cinco kilos, peso superior al de cualquiera de sus compañeros.

Robert, Nick, George y James colocados al lado del aparato, debían levantarlo poco a poco y, en cuanto éste hubiera tomado viento, Luis, Dick, Peter y Dan, que estaban al lado de la cabria, soltarían la cuerda, dejándola a la propia acción de la cometa.

–¡Atención! –exclamó Luis.

–¡Estamos listos! –respondió Robert.

–¡Suelten!

La cometa se levantó poco a poco, comenzando a bambolearse en el aire.

–¡Den cuerda! –gritó George.

En seguida el torno fue dando vueltas a impulsos de la tensión, viendo todos que aquel gran fantasma, con su canasta por apéndice, subía lentamente por el espacio. Aunque fuera una imprudencia, gritos y vivas acompañaron en su ascensión al Gigante de los Aires, que pronto desapareció en la oscuridad.

Concluida la experiencia, cada uno a su turno trabajó en los manubrios para enrollar de nuevo la cuerda, lo que duró al menos una hora. Ya recogida la cometa, fue sujetada fuertemente al suelo, para que no presentara cuerpo al viento, ofreciéndose Nick y George a velar toda la noche, por lo que pudiera ocurrir. Al día siguiente, 8 de noviembre, se haría la ascensión definitiva.

–Entremos en la Gruta –dijo Dick.

–Esperen un instante –dijo Luis–. Dick, Robert, tengo que hacerles una proposición. El ensayo ha salido bien porque las circunstancias nos han favorecido. Pero, ¿conocemos el tiempo que hará mañana? Mi parecer es no diferir la ascensión definitiva. ¿Quién quiere subir?

–¡Yo! –dijo Santiago con viveza.

Y casi en seguida:

–¡Yo! –exclamaron a un tiempo Robert, Nick, George, Peter y Mark.

Hubo un instante de silencio, que Luis no se apresuró a interrumpir.

–Santiago fue el primero que habló –dijo.

–Hermano –dijo Santiago–, yo soy el que debe subir, sí, yo. ¡Te lo suplico! ¡Déjame partir!

–¿Y por qué tú? –replicó Robert.

–¡Porque debo hacerlo!

–¿Debes? –preguntó Dick.

–¡Sí!

Dick, que había tomado la mano de Luis para preguntarle lo que quería decir Santiago, la sintió temblar entre las suyas.

–¿Qué dices, hermano? –dijo Santiago, con tono resuelto.

–¡Responde, Luis! –dijo Robert–. ¡Santiago dice que él tiene el deber de sacrificarse! Ese deber lo tenemos todos. ¿Qué obliga a reclamar la prioridad?

–Lo que he hecho –respondió el niño–, lo que he hecho. Voy a decirlo...

–¡Santiago! –exclamó Luis, queriendo impedir que su hermano hablara.

–No –repuso Santiago con voz entrecortada por la emoción–. Deja que confiese. ¡Este secreto me pesa demasiado! ¡Dick, Mark, si están todos aquí... lejos de vuestros padres... en esta isla... yo... yo solo tengo la culpa! ¡Si el *Sloughi* fue arrastrado a alta mar, es que por imprudencia... no... por broma... desaté la amarra que lo sujetaba al muelle de Auckland! ¡Sí, por broma! Y luego, cuando vi que el buque derivaba, perdí la cabeza. ¡No llamé cuando aún era tiempo! ¡Ah, perdón, compañeros, perdón!

Y el pobre muchacho sollozaba, a pesar de que Kate procuraba consolarlo.

–¡Bien, Santiago! –dijo entonces Luis–. Has confesado tu culpa, y ahora quieres arriesgar tu vida para purgarla, o al menos para reparar en parte el mal que has hecho.

–¿Y no lo ha reparado bastante ya? –dijo Robert–, ¡Veinte veces se ha expuesto para ayudarnos! ¡Ah, Luis! Ahora me explico por qué se presentaba siempre tu hermano cuando había algún peligro que correr. Por eso fue a buscarnos a Peter y a mí en medio de la niebla, arriesgando su vida. ¡Sí, amigo Santiago, te perdonamos de todo corazón, y no necesitas ya reparar tu falta!

Todos rodearon al niño, estrechando sus manos. Ahora sabían por qué el muchacho más alegre y travieso del colegio se había vuelto tan triste. Santiago se despidió de sus compañeros, y luego, antes de ir a instalarse en la canasta, se volvió hacia Luis.

–¡Abrázame, hermano! –dijo.

–¡Sí! ¡Abrázame! –respondió Luis, dominando su emoción–. O más bien, soy yo el que te abraza, pues yo soy el que va a partir.

–¿Tú? ¿Tú? –repitieron todos.

–¡Sí, yo! ¿Creen que cuando tuve la idea de esta experiencia mi intención era que otro se jugara la vida?

–¡Ya lo esperaba, Luis! –dijo Dick estrechando su mano.

Algunos minutos después, Luis, instalado en la canasta, dio orden de levantar al Gigante. El aparato se elevaba con cierta lentitud, y la constancia de la brisa le aseguraba una perfecta estabilidad; apenas se balanceaba. Sin embargo, en diez segundos desapareció en la sombra. El valiente Luis desapareció con él. Se mantenía inmóvil, con ambas manos asidas a las cuerdas de suspensión. Le parecía que era llevado por una gigantesca ave de presa, o bajo las alas de un enorme murciélago.

Debajo de él reinaba una oscuridad profunda. La periferia de la isla se dibujaba gracias al mar que la rodeaba. Si hacia el oeste, el norte y el sur el horizonte estaba demasiado nebuloso para que pudiera distinguir algo, no sucedía así hacia el este, en donde parte del firmamento, por el momento libre de nubes, dejaba ver algunas estrellas. Y precisamente por aquel lado, una claridad bastante intensa atrajo la atención de Luis.

–¡Es un fuego! –se dijo–. ¿Habrá establecido Walston su campamento por ese lado? ¡No! ¡Ese fuego está demasiado lejano y se encuentra ciertamente muchísimo más allá de la isla! ¿Será un volcán en erupción? ¿Habrá acaso tierra en los parajes del este?

Y se presentó a su memoria el recuerdo de aquella mancha blanquecina que distinguió en su excursión a Bahía del Desengaño. Fijó su anteojo en aquella claridad. No cabía duda: allí había una gran montaña, cercana a un ventisquero, y que formaba parte de un continente o archipiélago, cuya distancia no excedía las treinta millas. En aquel momento, divisó otra luz mucho más cerca de él, a unas cinco o seis millas, al este de Lago de la Familia, pero se apagó en seguida.

–No me equivoco esta vez –pensó–, es en la orilla del bosque, cerca del litoral.

Su corazón latía con violencia, y su mano temblaba de tal modo que le era imposible sostener el anteojo con precisión.

De modo que Walston y sus amigos estaban acampados cerca del puertecito de la Roca del Oso. ¡Los asesinos del *Severn* no habían abandonado todavía la Isla Chairman! ¡Qué cruel decepción experimentó Luis! Juzgó inútil prolongar su exploración aérea.

Soltó la bala del bramante, que en algunos segundos llegó a la mano de Dan. En seguida la cuerda empezó a arrollarse en la cabria, atrayendo el aparato hacia tierra. Tres cuartos de hora después de la señal de Luis, el viento empezó a soplar con furia. De repente se produjo una violenta sacudida. ¡La cuerda acababa de romperse!

En medio de los gritos angustiados de sus amigos, el intrépido Luis alcanzaba la orilla del lago y gritaba:

–¡Walston está aquí todavía!

En el momento en que la cuerda se rompió, Luis se había sentido arrastrado, no a una caída vertical y vertiginosa, sino oblicua y lenta, porque la cometa hacía en cierto modo el efecto de un paracaídas. Era vital salir de la canasta. El joven se tiró a tiempo y, como era buen nadador, ganó pronto la orilla. La cometa, entretanto, desapareció hacia el noroeste arrastrada por el viento, que se hacía cada vez más fuerte.

Al día siguiente, después de una mala noche, los jóvenes colonos se despertaron muy tarde. Luis, Dick, Robert y Nick pasaron a la bodega, donde Kate comenzaba sus faenas.

Allí hablaron de la inquietante situación. Hacía ya quince días que Walston y sus compañeros estaban en la isla. Como dijo Dick, si la chalupa no había sido reparada, era porque carecían de las herramientas necesarias para ello.

Luis relató sus observaciones durante la excursión.

–Creo que existen tierras al este y a una distancia relativamente corta –dijo–. Ayer noté una claridad muy visible que ha de provenir de un volcán en erupción, de lo que se deduce que hay tierras en estos parajes. Los marineros del *Severn* no deben ignorarlo, y harán cuanto les sea posible por alcanzarlas.

Luis tomó medidas muy severas ante la eventualidad de que Walston descubriera la Gruta del Francés. Las salidas se redujeron a lo estrictamente necesario, y se disimuló la empalizada del cercado con ramajes y hierbas, así como las puertas de la bodega y del *living-room*.

En la primera quincena de noviembre comenzaron los calores. Volvió la golondrina a la que Luis había atado el saquito con las señas de los náufragos; pero, ¡ay! El mensajero no traía respuesta. Todos se sentían sin ánimos ya y Dick temía que la desesperación se apoderara de ellos. Pero acontecimientos muy graves los obligaron a entrar en actividad.

Una tarde Robert pescaba en las orillas del lago, cuando notó que una bandada de cuervos volaba en círculos sobre la orilla izquierda y se precipitaba luego hacia el suelo, con redoblados graznidos. Partió con Mokó a ver de qué se trataba y se encontraron con un guanaco muerto de un tiro. Con su navaja, Mokó extrajo la bala; era del calibre de un fusil. Walston, pues, o uno de sus compañeros, había herido al animal. Era evidente que la banda había atravesado el Río Este y se aproximaba poco a poco a la Gruta.

Tres días después, Luis y Dick se hallaban al otro lado del Río Zelandia, cuando encontraron un objeto en el suelo. ¡Era una pipa!

–Es indudable que Walston o uno de sus secuaces llegó hasta esta orilla del lago –exclamó Dick.

Volvieron precipitadamente a la Gruta, y Kate reconoció la pipa por haberla visto en manos de Walston. Organizaron una vigilancia más activa aún. De día se estableció un puesto de observación permanente en la cima de la Colina Auckland; y de noche, dos de los mayores harían guardia en las puertas del *living-room* y de la bodega. Ambas puertas fueron sólidamente atrancadas, y tenían todo preparado de modo que en brevísimo tiempo podían levantar una resistente y fuerte barricada con piedras y otros objetos. Las ventanas, afortunadamente estrechas, servirían de troneras para los dos cañones, con los que defenderían, con uno la fachada que daba al río, y con el otro la del lago. Los fusiles, revólveres y escopetas fueron revisados y dispuestos para usarlos a la primera señal de alarma.

¡Para combatir a aquellos malvados no había más que algunos muchachos, el mayor de dieciséis años apenas!

La noche del 27 de noviembre, luego de cerrar bien las puertas, se consagraron al descanso, no sin haber concluido la oración nocturna y dedicado un recuerdo a sus familias. Entonces estalló una violenta tormenta. El dormitorio se iluminaba por el intenso resplandor de los relámpagos que penetraba por las rendijas de la puerta y las ventanas; parecía que el acantilado se estremecía al repercutir de los truenos. Unas horas después la lluvia comenzó a caer. Turpin dio señales de una verdadera agitación; se enderezaba y se abalanzaba a la puerta, dejando oír gruñidos sordos y continuos.

–¿Habrá olfateado algo? –dijo Robert, procurando calmarlo.

–Hay que averiguar qué pasa –dijo Dick.

De repente sonó una detonación, que no podía confundirse con el sonido del trueno. Era un tiro que acababan de disparar a menos de trescientos pasos de la Gruta. Todos prepararon sus armas y trataban de armar barricadas, cuando una voz gritó desde fuera:

–¡Socorro! ¡Socorro!

Allí había un ser humano, en peligro de muerte sin duda.

–¡Socorro! –repitió la voz, a muy pocos pasos de la Gruta.

–¡Abran! ¡Abran! ¡Es él! –exclamó Kate.

Robert y George abrieron la puerta, y un hombre chorreando agua se precipitó en la Gruta.

Era Evans, el piloto del *Severn*.

Capítulo XIII

EL RELATO DE EVANS Y CAMBIOS EN LA ESTRATEGIA

La inesperada aparición de Evans sorprendió de tal manera a nuestros jóvenes, que se quedaron inmóviles, pero luego, por un movimiento instintivo, se aproximaron todos a él, considerándolo una esperanza. Era un hombre de veinticinco a treinta años, vigoroso, de ojos vivos, fisonomía inteligente y simpática, y andar firme y resuelto. Su cara estaba oculta en parte por una barba hirsuta que no había cortado desde el naufragio del *Severn*. Apenas entró acercó el oído a la puerta; no oyendo nada, miró a la luz del farol a los jóvenes colonos.

–¡Niños! ¡Nada más que niños! –exclamó.

Kate avanzó hacia él.

–¡Kate! ¡Kate viva!

–¡Dios me ha salvado como a usted! Él le envía ahora en socorro de estos niños.

–Quince –dijo el piloto–, y sólo cinco o seis en estado de defenderse.

–¿Estamos en peligro de que nos ataquen? –preguntó Luis.

–No, muchacho, por lo menos en este instante no.

Evans, una vez vestido y alimentado, hizo el relato de lo ocurrido desde que fueron arrojados en esa isla por la tormenta.

–Fuimos lanzados sobre los arrecifes. Después de grandes esfuerzos, logramos salvarnos de las olas, pero faltaban dos. En cuanto a Kate, pensé que no la volvería a ver... Cuando llegamos a la playa encontramos la chalupa.

–La Playa Severn –dijo Luis–. Ése es el nombre que le dieron algunos de nuestros compañeros.

–Sí –dijo Robert–, llegamos a aquel sitio la misma tarde del naufragio, cuando dos de sus compañeros estaban tendidos en la arena. Pero cuando fuimos a buscarlos para darles sepultura, ya habían desaparecido.

–En efecto –repuso el piloto–, ya comprendo cómo todo se encadena. Forbes y Pike, a quienes creíamos ahogados, ¡y ojalá lo hubieren estado, así tendríamos dos bribones menos!, fueron hallados y reanimados por Walston. Después sacaron las armas y municiones de la chalupa y abandonamos el sitio del naufragio, rumbo al este. Más tarde regresamos a recoger la chalupa con la idea de carenarla. La pusimos a flote y conseguimos arrastrarla por la misma orilla y traerla a un puerto que hay entre las rocas...

–¡La Roca del Oso! –exclamó Jack.

–¡Está bien, la Roca del Oso! –continuó el marino–. Podríamos componerla si tuviéramos las herramientas necesarias.

–¡Nosotros las tenemos! –respondió con viveza Robert.

–Es lo que ha supuesto Walston, cuando la casualidad le hizo saber que la isla estaba habitada y por quién.

–¿Cómo ha podido saberlo? –preguntó Dick.

–Hace ocho días, Walston encontró un singular aparato caído en la ribera. Era una especie de armazón hecha con cañas y cubierto con una tela.

–¡Nuestra cometa! –exclamó Robert.

–¿Era una cometa? No lo adivinamos, pero no podía hacerse sola, de modo que la isla estaba habitada. Nos fuimos acercando hasta este lugar, hasta que Walston se ocultó entre las hierbas y desde allí vio a la mayor parte de ustedes ir y venir por la orilla derecha del río. Walston dijo que eran sólo unos cuantos muchachos de los que siete hombres se desharían fácilmente.

–¡Monstruos! –exclamó Kate–. No tienen piedad de estos pobres muchachos.

–Igual que con el capitán y los pasajeros del *Severn* –dijo Evans–. Hará como doce horas que, aprovechando una ausencia de Walston y cuatro más, me escapé, confiado en que me sería fácil hacerle perder mis huellas. ¡Jamás he corrido tanto! Esos bribones corrían tanto como yo y sus balas silbaban en mis oídos. Cuando estalló la tempestad, los relámpagos facilitaban que los bandidos pudieran distinguirme. Llegué, por fin, hasta muy cerca de la orilla del río; si consiguiera atravesarlo, pensaba yo, me consideraría a salvo porque ellos jamás se atreverían a acercarse a la Gruta del Francés, como ustedes la llaman. Aceleré la marcha, y ya iba a alcanzar el agua cuando uno de los últimos relámpagos iluminó el espacio, y en seguida se oyó una detonación.

–Nosotros también la oímos –dijo Robert.

–Seguramente –dijo el piloto–. Una bala rozó mi hombro, di entonces un salto y me precipité al río. Después de algunas brazadas llegué a la ribera opuesta, y me escondí entre las hierbas, mientras Forbes y Rock mirando el agua decían: "¿Le diste? Apuesto que sí". "Entonces está en el fondo; ya está muerto y bien muerto. Un estorbo menos". Y se marcharon. Y ahora, muchachos, a nosotros nos toca concluir con esos malvados.

Los niños contaron a su vez su historia, y entre risas lo pusieron al tanto de los nombres dados a bahías, bosques y ríos. Al finalizar, dijo Dick:

–¿No sería posible evitar la lucha prestándoles las herramientas necesarias para que arreglen la chalupa y abandonen la isla?

–Dices bien, muchacho –replicó Evans–, cualquier medio sería posible para evitar la presencia de esos malhechores; mas no son sólo herramientas lo que necesitan, sino también municiones. Procurarán apoderarse de todo por la fuerza, y sólo habríamos conseguido retardar la lucha y en peores condiciones para nosotros.

–Tiene razón, señor Evans –dijo Dick–. Estemos a la defensiva y esperemos.

–Además –agregó Evans–, nosotros podríamos arreglar la chalupa y usarla para salir de aquí.

–¿Para ir a Nueva Zelandia atravesando el Pacífico? –dijo Robert.

–¿El Pacífico? No, muchacho, pero sí para llegar a un punto cercano en donde esperaríamos la ocasión de volver a Auckland.

–Pero, ¿cómo es posible que esa embarcación baste para atravesar centenares de kilómetros? –dijo Nick.

–¡Centenares de kilómetros! –exclamó Evans–. ¡Nada de eso, unos cincuenta o sesenta, cuando más!

–¿No estamos, por ventura, en una isla? –preguntó Robert–. ¿Acaso no rodea el mar toda esta tierra?

–Sólo al poniente –repuso Evans–, pero al sur, al este y al norte no hay más que canales que se atraviesan fácilmente en sesenta horas.

–De modo que no nos equivocamos pensando que había tierras en las cercanías –dijo Dick.

–No, y son muy grandes las que existen en el lado oriental.

–Sí –exclamó Luis–. Aquella mancha blancuzca y aquel resplandor que distinguí en esa dirección.

–¿Una mancha blancuzca, dices? Ha de ser algún ventisquero, y el resplandor un volcán cuya ubicación debe estar en los mapas. A ver, muchachos, ¿dónde creen hallarse?

–¡En una isla solitaria en medio del Pacífico! –contestó Dick.

–Una isla sí, solitaria no. Sepan que pertenece a uno de los numerosos archipiélagos sembrados a lo largo de la costa de la América del Sur. ¿Y cómo llaman a esta isla, así como han dado nombres a los cabos, bahías y ríos?

–Isla Chairman; le dimos el de nuestro colegio.

–Pues bien, de hoy en adelante tendrá dos, puesto que ya se llama Isla de Hanover.

Terminada esta conversación, procedieron a las medidas de vigilancia acostumbradas y se fueron a descansar. Los jóvenes se hallaban bajo la influencia de una doble impresión capaz de turbar su sueño: la perspectiva de un sangriento combate, y la posibilidad de volver al seno de sus familias.

El piloto dejó para el día siguiente la conclusión de sus explicaciones, indicando en el atlas la posición exacta de la isla. Y, mientras Mokó y Dick velaban, la noche acabó tranquilamente en la Gruta del Francés.

El Estrecho de Magallanes, descubierto en 1520 por el ilustre navegante portugués al servicio de España, es un canal de unas trescientas ochenta millas, cuya curva se dibuja de oeste a este, desde el Cabo de las Vírgenes en el Atlántico, hasta el Cabo Pilares en el Pacífico. Se halla flanqueado por costas muy accidentadas, y dominado por montañas de más de tres mil pies sobre el nivel del mar; está lleno de bahías en las que hay una infinidad de puertos. Ofrece a los barcos un paso mucho más corto que el de Lemaire, y tiene la ventaja de estar menos acosado por las tormentas que el del Cabo de Hornos.

Tal es el Estrecho que el 28 de noviembre mostraba Evans en el atlas a los colonos.

–Y ahora –dijo Evans–, fíjense más allá del Estrecho, en esta isla, sólo separada por canales; pues esta isla es la de Hanover, la misma a la que ustedes han dado el nombre de Chairman y que habitan hace veinte meses.

–¡Cómo! –dijo Dick–, ¿no estamos separados de la Patagonia chilena más que por esos brazos de mar?

–Así es, hijos míos –respondió Evans–, pero entre nosotros y el continente hay sólo islas desiertas.

Mirando el mapa con atención, Luis observó que en sus excursiones nunca fueron tan lejos como para poder distinguir tierras cercanas. Evans opinó que Francisco Baudoin no logró ver nada debido a las brumas.

–Muchachos –dijo Evans–, si logramos apoderarnos de la chalupa, trataremos de tomar los canales hacia algún puerto chileno, tal vez el puerto Tamar a la entrada del Estrecho, en la isla de la Desolación, y allí podremos ponernos en el camino que nos conduzca a la patria.

El piloto tenía razón. Más al norte está Punta Arenas, fundada por el gobierno chileno, que forma un verdadero pueblo edificado en el litoral, con una bonita iglesia entre soberbios árboles. La salvación de los jóvenes era pues segura, si llegaban al Estrecho de Magallanes.

Evans aprobó la precaución de Luis de haber amontonado piedras en el interior para impedir que las puertas fueran derribadas, pues los náufragos del *Severn* eran hombres vigorosos, acostumbrados al manejo de las armas y no retrocedían ante el asesinato.

–Son temibles malhechores –dijo Evans.

–Menos uno de ellos, que a mi parecer no está enteramente viciado –dijo Kate–. Forbes, el que me salvó la vida.

–¿Forbes, que tiró contra mí como sobre una fiera? ¿Que se alegró creyéndome muerto? No, mi buena Kate, mucho me temo que no valga más que los demás.

Pasaron tres días sin novedad, lo que no dejaba de sorprender a Evans. Entonces tuvo la idea de que Walston procuraría tal vez emplear la astucia para penetrar a la Gruta del Francés. Comunicó su pensamiento a Luis, Dick, Robert y Nick.

–Walston cree que Kate murió en el naufragio y que yo sucumbí a las balas de Forbes y Rock. Por tanto, cree que ustedes ni sospechan siquiera su presencia en la isla, y que si alguno se acerca, lo acogerán como a náufrago. Después de entrar uno en la plaza, no le sería difícil introducir a los demás.

–Pues bien –respondió Luis–, si se presenta alguno lo recibiremos a tiros.

–¿No sería mejor agasajarlo y condolernos de su situación? –dijo Dick.

–¿Quizá sí, muchacho! –exclamó el marino–. ¡Mejor será así! Astucia contra astucia.

Al día siguiente, por la tarde, James y Peter, de guardia en el acantilado, bajaron precipitadamente y dijeron que dos hombres se acercaban por la orilla opuesta del Río Zelandia, Kate y Evans reconocieron a Rock y Forbes.

–¿Qué hacemos? –preguntó Luis.

–Acogerlos –respondió Evans.

–Me encargo de ello –replicó Dick.

El marino y Kate se instalaron en una de las pequeñas cuevas del pasillo, cuya puerta cerraron.

Instantes después, Dick, Luis, Nick y Robert acudían a la orilla del río. Al verlos, los hombres fingieron gran sorpresa, a la que Dick respondió con otra no menos agradable.

–¿Quiénes son ustedes?

–¡Unos desgraciados náufragos que acaban de encallar en el sur de esta isla, con la chalupa del *Severn*!

–¿Son ingleses?

–No, americanos.

–¿Y sus compañeros?

–¡Han perecido! ¡Sólo nosotros hemos escapado del naufragio! ¿Quiénes son ustedes?

–Colonos de la Isla Chairman.

–Tengan piedad de nosotros...

–Siempre tienen los náufragos derecho a la asistencia de sus semejantes. ¡Bienvenidos! –dijo Dick.

A una señal de Dick, Mokó saltó a la canoa, amarrada cerca del dique, y condujo a los dos bribones a la orilla derecha del Zelandia.

Al entrar, Forbes y Rock demostraron prisa por descansar. Los condujeron a la bodega, cuyo interior examinaron los bribones de una ojeada, después de cerciorarse de que la puerta daba al lado del río. Mokó dormía también allí, pero poco les importaba, porque estaban decididos a estrangularlo si no dormía profundamente. A la hora convenida, estos malvados debían abrir la puerta de la bodega y Walston, que esperaba en el ribazo con sus secuaces, se haría dueño de la Gruta.

A eso de las nueve, cuando Rock y Forbes aparentaban estar dormidos, Mokó entró, y no tardó en acostarse, listo a dar la señal de alerta.

Luis y los demás, junto a Evans y Kate, se habían quedado en el *living-room*.

Dos horas habían pasado cuando Mokó vio que Rock y su compañero se arrastraban hacia la puerta, que se hallaba reforzada con un montón de gruesas piedras, como una barricada. Los dos malvados, al hallarse con aquel inconveniente, empezaron a quitar las piedras. Cuando ya sólo les quedaba quitar la barra que la sujetaba por dentro para que la entrada a la Gruta del Francés quedara libre, una mano se apoyó con fuerza en el hombro de Rock, que se volvió.

–¡Evans! –exclamó–. ¡Evans aquí!

Luis y sus compañeros se precipitaron dentro de la bodega y Forbes fue inmovilizado. En cuanto a Rock, con un movimiento rápido, rechazó a Evans, dándole una cuchillada que le hirió levemente el brazo izquierdo, y se lanzó afuera. No había andado diez pasos, cuando sonó una detonación. Era el marino, que acababa de tirar sobre Rock, pero según todas las apariencias, el fugitivo no fue alcanzado por la bala.

–¡Mil diablos! ¡No maté a ese bribón! Pero en cuanto al otro, no se me escapará. ¡Siempre será uno menos!

Y con el cuchillo en la mano se acercó a Forbes.

–¡Piedad, piedad! –gritó aquel miserable, a quien los jóvenes sujetaban en el suelo.

–¡Sí, piedad, Evans! –repitió Kate, que se colocó entre el piloto y Forbes–. ¡Perdónalo, puesto que me salvó la vida!

–¡Está bien! –respondió Evans–. ¡Acepto, Kate, al menos por el momento!

Y Forbes, fuertemente atado, fue encerrado en una de las cuevas laterales, y fuertemente custodiado.

Luego, la puerta de la bodega volvió a cerrarse y a ser atrancada con las piedras, permaneciendo todos en vela hasta el amanecer.

Capítulo XIV

UNA DIFÍCIL LUCHA Y LA ACCIÓN
DE FORBES

Por más cansados que estuvieran (y debían estarlo mucho) aquella noche ninguno de los habitantes de la Gruta del Francés pensó en descansar. No era dudoso ya que Walston empleara la fuerza, toda vez que Rock debió decirle que Evans se hospedaba en la Gruta y, por consiguiente, sus proyectos de ataque estaban completamente descubiertos.

A la mañana siguiente, Evans interrogó a Forbes.

–La canallada que tú y Rock intentaban les ha salido mal –dijo Evans–. Ahora es importante que yo sepa cuáles son los proyectos de Walston.

El bandido tenía baja la cabeza.

Kate intervino.

–Forbes –dijo–, mostraste ya una vez piedad conmigo. ¿No harás nada para salvar a estos niños?

Un hondo suspiro salió penosamente del pecho de Forbes.

–¿Hubieras matado a estos niños? –preguntó Evans.

Forbes bajó aún más la cabeza, sin contestar.

–¿Crees que Walston volverá?

–Sí.

El piloto supuso que estaría escondido en el Bosque de las Trampas. Era importante operar un reconocimiento en aquella dirección, aun cuando no se verificaría seguramente sin peligro.

A las doce, Mokó llevó algún alimento al prisionero, que estaba muy abatido y que apenas lo probó. ¿Qué pasaba en el alma de aquel desgraciado? ¿Estaría su conciencia entregada al remordimiento?

Después de almorzar, Evans dio a conocer a los jóvenes el proyecto que concibió de avanzar hasta el límite del Bosque de las Trampas, porque tenía gran empeño en saber si los malhechores estaban aún en los alrededores de la Gruta. Esta proposición fue aceptada sin discusión, y se tomaron las precauciones necesarias para hacer frente a cualquier eventualidad. Decidieron que, mientras Evans hacía el reconocimiento proyectado con los mayores, Francis, Bill, Tom y Jack permanecerían en la bodega con Kate, Mokó y Santiago listos para cualquier emergencia, y Nick de vigilancia.

Ocho muchachos contra seis hombres en toda la fuerza de la edad, no hacían la partida muy pareja, si bien es verdad que los colonos irían armados cada cual con una buena escopeta y un revólver, y mientras que Walston y su cuadrilla no poseían más que cinco fusiles. Un combate a distancia, y en estas condiciones, presentaba alguna probabilidad de éxito, tanto más que Robert, George y Peter eran muy buenos tiradores y aventajaban en esto a los marineros americanos.

Además las municiones no habían de faltarles, mientras que los bandidos no poseían ya, con seguridad, más que unos pocos cartuchos.

Los muchachos y el marino avanzaron con mucha prudencia siguiendo la base de la Colina Auckland. Las malezas y los grupos de árboles les permitían alcanzar el bosque sin descubrirse demasiado. Evans marchaba a la cabeza de su pequeño ejército, no sin reprimir a cada momento el ardor de Robert, siempre listo a ir a la vanguardia. Después de pasar por la tumba del francés, el piloto creyó oportuno sesgar algo para acercarse a la orilla del lago. Turpin, a quien Dick procuraba en vano detener, parecía olfatear algo, pues no apartaba la nariz del suelo, y dio a conocer muy pronto que seguía una pista.

–Robert –dijo Evans–, si uno de esos bribones se pone a tu alcance, no pierdas el tiro, pues te aseguro que jamás habrás empleado mejor una bala.

Llegaron a los primeros grupos de árboles del bosque; había ramas medio consumidas y cenizas calientes todavía.

–Aquí pasaron la noche Walston y los suyos –dijo Gordon.

Apenas acababa de decir estas palabras, cuando se oyó una detonación hacia la derecha y una bala, después de rozar la cabeza de Luis, se clavó en el árbol en que éste se apoyaba.

Casi en seguida sonó otra, acompañada de un grito desgarrador, viéndose al mismo tiempo, como a unos cincuenta pasos, caer el cuerpo de un hombre. Apenas se oyó el tiro que pudo matar a Luis, Robert descargó su escopeta en dirección del humo que acababa de ver. Y entonces el perro salió de estampida, ladrando con furia.

–¡Aquí, Turpin, aquí! –gritó Gordon, pero el perro no obedeció, y Robert, llevado por su ardor, se lanzó tras el animal.

–¡Adelante! –dijo Evans–. ¡No podemos dejarlo solo!

Un momento después, se detenían todos delante de un cuerpo tendido en medio de las hierbas.

–¡Es Pike! –dijo el marino–. ¡El bribón está bien muerto!

–Los demás no deben estar muy lejos –dijo George.

–No, muchacho, no lo están. ¡Agáchate pronto!

Tercera detonación. Esta vez Mark, que no se inclinó pronto, recibió una rozadura en la frente.

–¿Estás herido? –exclamó Dick, corriendo hacia él.

–No es nada, Dick –respondió Mark–. ¡Un simple arañazo!

Se agazaparon entre las hierbas, formando un grupo compacto, pues importaba mucho no separarse.

De repente, Dan exclamó:

–¿En dónde está Luis?

–¡No lo veo! –respondió George.

En efecto, el muchacho había desaparecido, y como en ese instante se oyeron furiosos ladridos de Turpin, era de temer que el atrevido joven estuviera peleando con alguno de los bandidos.

–¡Luis! ¡Luis! –gritó Robert.

Y todos, sin precaución alguna, se lanzaron sobre las huellas del perro.

–¡Cuidado, Evans, cuidado! –gritó de repente Peter tirándose al suelo.

Instintivamente el marino bajó la cabeza, en el momento en que una bala le pasaba a algunos centímetros. Enderezándose, divisó a uno de los compañeros de Walston que huía a través del bosque. Era precisamente Rock, que se le había escapado la víspera.

–¡Para ti, Rock! –gritó.

Hizo fuego y Rock desapareció como si el suelo se hubiera hundido bajo sus pies.

Casi en seguida Robert exclamó a algunos pasos:

–¡Firme, Luis, firme! Aquí estamos.

Luis luchaba con Cope. El miserable acababa de derribar al muchacho, e iba a herirlo con su cuchillo, cuando Robert, llegando justo para desviar el golpe, se echó sobre Cope, sin tener tiempo de agarrar su revólver. Y fue él quien recibió la cuchillada en el pecho, y cayó al suelo sin proferir un solo grito.

Cope, viendo que los demás procuraban cortarle la retirada, huyó hacia el norte. Tiraron sobre él, pero desapareció y Turpin volvió sin haber podido alcanzarlo.

Apenas en pie, Luis corrió al lado de Robert y le levantó la cabeza, procurando reanimarlo. Por desgracia, Robert había sido herido en el pecho, y mortalmente al parecer. Sus ojos permanecían cerrados y su cara tenía el color de la cera. El marino se inclinó sobre el cuerpo del joven, abrió su chaqueta, y desgarrando la camisa empapada en sangre, descubrió una herida muy profunda, al parecer, a la altura de la cuarta costilla del lado derecho. Si el pulmón no había sido tocado por la punta del cuchillo, se podía concebir alguna esperanza de salvación.

—¡Llevémoslo a la Gruta! —dijo Dick—. ¡Sólo allí podremos atenderlo!

—¡Y salvarlo! —exclamó Luis—. ¡Ah, mi pobre amigo! ¡por mí te has arriesgado!

Evans estuvo de acuerdo; pero algo lo preocupaba, y es que no había visto a Walston, Brandt y Book, los más temibles de la cuadrilla.

George y Mark hicieron una especie de parihuela con ramas y hojas, en la que tendieron al pobre muchacho y luego entre cuatro lo levantaron con suavidad, mientras los demás lo rodeaban con el arma cargada. La comitiva volvió directamente a lo largo de la base del acantilado.

Cuando faltaban pocos pasos para llegar a la Gruta, oyeron gritos hacia el Río Zelandia, y Turpin echó a correr en aquella dirección. Era evidente que Walston y sus dos compañeros atacaban la Gruta del Francés.

En efecto, he aquí lo que pasó, según supieron más tarde.

Mientras Rock, Cope y Pike, emboscados entre los árboles, atraían a la pequeña tropa que mandaba Evans, Walston, Brand y Book subieron al acantilado, y bajaron por una pendiente que conducía a la orilla del río, y próxima a la bodega. Una vez allí, derribaron la puerta y entraron en la Gruta. ¿Llegaría Evans a tiempo para evitar una catástrofe?

El marino tomó bien pronto su partido. Mientras Peter, James y Dan permanecían al lado de Robert,

Dick, Mark, Luis, George y él se dirigieron rápidamente a la Gruta.

Lo que vieron al llegar a la Terraza del Deporte era como para quitarles toda esperanza.

En aquel momento, Walston salía por la puerta del dormitorio llevando hacia el río a Santiago. Kate se precipitaba sobre el bandido y procuraba en vano arrancárselo. Poco después, Brandt apareció también, llevándose a Jack en la misma dirección.

Nick se arrojó sobre este último bandido, pero, violentamente rechazado, rodó por el suelo. Walston y Brandt avanzaron rápidamente hacia donde estaba Book, con la canoa que habían sacado de la bodega. Llegados a la orilla izquierda, estarían los tres a salvo, con Santiago y Jack, que les servirían de rehenes. Comprendiendo el pensamiento de aquellos desalmados, Evans, Luis, Dick, Mark y George corrían cuanto podían para darles caza.

Pero Turpin estaba ya allí. ¡Animal valiente y denodado! Dio un salto y prendió a Brandt por la garganta. El miserable, para defenderse del perro, tuvo que soltar a Jack.

Walston arrastraba entretanto a Santiago hacia el río.

De repente un hombre se lanzó fuera de la Gruta. Era Forbes. ¿Iría a reunirse con sus compañeros después de forzar la puerta de su encierro? Walston lo creyó así.

–¡A mí, Forbes! ¡Ven! –le gritó.

Evans se detuvo cuando vio que Forbes se arrojaba sobre Walston, a fin de arrancarle su presa. Éste, sorprendido por esa agresión que no esperaba, tuvo que soltar a Santiago, y volviéndose, hirió con su cuchillo a Forbes, que cayó a sus pies.

Walston quiso agarrar de nuevo a Santiago, pero éste que estaba armado con un revólver, lo descargó a boca de jarro sobre el pecho del asesino, el que gravemente herido pudo llegar arrastrándose hasta sus dos compañeros, que lo embarcaron, y empujando vigorosamente la canoa se dieron a la fuga.

En aquel momento una fuerte detonación retumbó, llenando el río de metralla y haciendo zozobrar la canoa.

Era Mokó, que acababa de prender la mecha del cañón colocado en la ventana de la bodega.

Excepción hecha de los dos miserables que habían desaparecido entre los árboles del Bosque de las Trampas, la Isla Chairman estaba libre de los asesinos del *Severn*.

Capítulo XV

ADIÓS A ISLA CHAIRMAN Y REGRESO AL HOGAR

Una nueva era empezaba ahora para los colonos de la Isla Chairman. Después de tanto batallar con el fin de asegurar su existencia en condiciones bastante difíciles, iban a intentar un supremo esfuerzo para volver a sus familias y a su país.

A la intensa y prolongada excitación producida por la lucha, siguió una reacción muy natural. Estaban como aniquilados por su victoria, y el peligro pasado les parecía ahora mayor que antes.

Ciertamente que después del primer encuentro en el Bosque de las Trampas, las probabilidades de vencer eran mayores; pero sin la intervención tan inesperada de Forbes, se hubieran escapado Walston, Book y Brandt llevando a Santiago y a Jack, y Mokó no se hubiera atrevido a disparar aquel cañonazo. Aunque no sabían a ciencia cierta qué había sido de Rock y de Cope, era innegable que la seguridad había vuelto a imperar en la Isla Chairman.

En cuanto a los héroes de la batalla, habían sido felicitados como lo merecían; Mokó por su cañonazo descargado tan a tiempo, y Santiago por la sangre fría demostrada al tirar sobre Walston. Turpin también tuvo su buena parte de caricias y un magnífico hueso con que Mokó lo premió por haber atenazado con sus colmillos al bribón de Brandt.

Robert había sido trasladado al dormitorio, mientras que Forbes yacía en una cama de la bodega. Saltaba a la vista que Robert estaba peligrosamente herido, mas respiraba con regularidad. Kate los curaba con hojas de aliso. Forbes estaba herido en el vientre y comprendía que no había salvación para él.

–¡Gracias, mi buena Kate, gracias! –dijo Forbes, y las lágrimas corrían por sus mejillas.

–¡Ten esperanza, Forbes! –le dijo Evans–. Has borrado tus crímenes. ¡Vivirás!

–¡He vertido sangre y la mía corre en expiación de mis crímenes!

En la madrugada el infeliz expiró. Murió arrepentido, perdonado por los hombres y por Dios. Al día siguiente lo enterraron en una fosa abierta cerca del náufrago francés.

Evans, Dick, Luis, Nick y George partieron después en busca de Rock y Cope. Los acompañaba Turpin.

Encontraron a Cope muerto entre los matorrales. También el cadáver de Pike, que Robert había matado al comienzo de la refriega. En cuanto a Rock, Evans tuvo pronto la explicación de su desaparición. Aquel bandido había caído mortalmente herido en una de las trampas preparadas por George, y desde allí lanzó su alma al abismo de la eternidad. Los tres cadáveres fueron sepultados en dicha trampa, de la que los jóvenes hicieron una sepultura.

Al día siguiente Evans, Luis y Nick decidieron ir en busca de la chalupa del *Severn* a Roca del Oso. En un remanso del Zelandia encontraron la canoa y en ella atravesaron el lago rumbo al Río Este. La travesía se hizo con bastante rapidez. No lejos de la desembocadura divisaron la chalupa. Después de un examen muy detallado, Evans dijo:

–¡Hay que llevar la chalupa hasta el Río Zelandia para repararla con el material del *Sloughi* que hay en la Gruta!

Lo primero que hizo el piloto fue calafatear la embarcación lo mejor que pudo con las estopas que había traído, cerrándole cuantas vías de agua notara.

Pasaron la noche en la gruta elegida por Robert durante su excursión a Bahía Desengaño.

Al amanecer pusieron la chalupa a remolque de la canoa. Evans, por prudencia, estaba siempre pronto a cortar el cable de remolque en caso de que la chalupa se fuera a pique, para evitar que arrastrara consigo a la canoa. Por fin al atardecer amarraban canoa y chalupa en el dique del Zelandia. Grandes aclamaciones acogieron la llegada de los tripulantes.

La reparación de la chalupa empezó de inmediato. La embarcación tenía unos diez metros de largo por dos de ancho, dimensiones suficientes para que cupieran en ella los diecisiete pasajeros que componían la colonia. Evans, tan buen carpintero como marino, elogió en alto grado la destreza de Nick. Compusieron el puente a proa, lo que aseguraba un abrigo al mal tiempo. El mástil de la goleta sirvió de palo mayor, y Kate, siguiendo las indicaciones del marino, cortó una vela de mesana, otra más pequeña y un foque para proa. Con este aparejo la embarcación aprovecharía el viento por donde viniera.

Los trabajos duraron treinta días, y terminaron el 8 de enero.

Navidad se celebró por segunda vez en la Gruta del Francés, y también el día de Año Nuevo de 1862, que los colonos esperaban no concluir en la isla.

Robert, débil aún, pero cuya convalecencia estaba bastante adelantada, salía ya del dormitorio. Aunque el aire puro y un alimento nutritivo le devolvieron pronto las fuerzas, sus compañeros no quisieron partir antes de que pudiera soportar una travesía de algunas semanas sin temor a una recaída.

Mientras tanto, los jóvenes seguían su vida habitual. Los cazadores volvieron a sus interrumpidas cacerías, procurando carne fresca, cosa que daba pábulo a la alegría del buen Mokó, ocupado ya en preparar conservas para el viaje.

Durante los últimos diez días de enero, Evans procedió al cargamento de la embarcación. Fue preciso hacer una selección de lo que más convenía transportar. Dick puso aparte el dinero recogido a bordo de la goleta; luego Mokó embarcó suficientes provisiones para tres semanas. En la caja de la chalupa guardaron las armas y municiones, así como los dos cañoncitos. Luis ordenó llevarse toda la ropa, la mayor parte de los libros, útiles de cocina, y todos los instrumentos necesarios para la navegación. Almacenaron agua dulce en diez barriles.

La herida de Robert estaba completamente cicatrizada y el valeroso muchacho insistía en partir pronto.

–¡Tengo muchas ganas de que nos embarquemos!
–decía–. ¡El mar me repondrá por completo!

Fijaron la fecha para el 5 de febrero.

La víspera, Dick devolvió la libertad a todos los animales domésticos. Guanacos, vicuñas, avutardas y demás aves de corral huyeron a escape. ¡Tan irresistible es el instinto de libertad!

–¡Ingratos! –exclamó Dan–. ¡Después de todo lo que los cuidamos!

–¡Así es el mundo! –dijo Mark en tono tan irónico que su filosófica reflexión excitó las risas de todos.

El día 5 se embarcaron, llevando la canoa a remolque.

Pero antes de soltar la amarra, Luis y sus compañeros se reunieron por última vez ante las tumbas de Francisco Baudoin y de Forbes; y allí, con gran recogimiento, rezaron una postrer oración por el alma de aquellos dos infortunados.

Robert se instaló en la popa, al lado de Evans, que iba a cargo del timón. A proa, Luis y Mokó tenían las escotas, aun cuando podía contarse más con la corriente del Zelandia que con la brisa. Los demás muchachos y Turpin se instalaron a su gusto.

Tres hurras saludaron entonces a aquella hospitalaria morada, que durante muchos meses ofreció seguro albergue a los jóvenes, y no sin gran emoción, sobre todo por parte de Dick, vieron desaparecer la Colina Auckland detrás de los árboles. En el Bosque de la Hondonada, Evans tuvo que echar el ancla, esperando la marea alta. Esta parada duró seis horas.

Era ya muy tarde cuando la embarcación llegó a la desembocadura del río. Evans, como marino prudente, quiso esperar al siguiente día para hacerse a la mar. Cuando la chalupa salió del río, todas las miradas se fijaron en la cima de la Colina Auckland, y después en las últimas rocas de Bahía Sloughi, que desaparecieron pronto. Entonces nuestros colonos dispararon un cañonazo, mientras el pabellón inglés era izado en la punta del mástil.

Ocho horas después, la chalupa entraba en el canal de la isla de Cambridge, doblaba el Cabo del Sur y seguía los contornos de la isla de la Reina Adelaida.

La última punta de la Isla Chairman acababa de desaparecer en el horizonte.

No es necesario referir los detalles de aquel viaje por los canales del archipiélago magallánico, pues no tuvo incidente desagradable de ninguna clase, toda vez que el tiempo se presentó constantemente bueno, y además en todos aquellos canales, de unas seis a siete millas de ancho, no había que temer las borrascas.

El 11 de febrero, la chalupa, siempre empujada por un viento favorable, desembocó en el Estrecho de Magallanes, por el canal de Smith. A la izquierda, en el fondo, se veían algunos ventisqueros como los que había vislumbrado Luis al este de la isla de Hanover, a la que los jóvenes seguían llamando Chairman.

Robert comía y dormía muy bien, y se sentía con bastantes fuerzas para desembarcar en cualquier parte y continuar nuevamente con sus queridos compañeros de aventura, si la necesidad los obligaba, su vida de Robinsones.

Evans pensaba arribar al establecimiento de Punta Arenas. Pero no fue necesario, por fortuna, ir tan lejos.

En la mañana del día 13, Mark, que estaba de pie en la proa, exclamó:

—¡Humo a estribor!

—Puede ser un fuego encendido por pescadores —dijo Dick.

—¡No! Más bien parece el de un vapor —dijo Evans.

Y, en efecto, en aquella dirección las tierras estaban demasiado lejanas para que pudiese divisarse el humo de un campamento de pescadores.

En seguida Luis se lanzó a las gavias y subió hasta la punta del mástil.

—¡Un buque! ¡Un buque! —gritó.

Era en realidad un vapor de unas novecientas toneladas, el *Grafton*, que iba rumbo a Australia. Su capitán, Tom Long, hizo subir a los pasajeros de la chalupa a bordo, y les ofreció llevarlos a Auckland, aunque tendría que apartarse de su ruta.

El *Grafton* arribó a Auckland el 25 de febrero.

Habían pasado dos años desde que los quince alumnos del colegio Chairman fueron arrastrados por la tormenta a mil ochocientos leguas de Nueva Zelandia.

¿Cómo describir la alegría de sus familias al encontrarse con aquellos hijos que creían perdidos para siempre en las aguas del Pacífico?

La noticia de tan fausto suceso cundió con rapidez por la ciudad, y todos los habitantes acudieron para vitorear a aquellos intrépidos jóvenes.

Robert dio algunas conferencias, y las notas que Nick con tanto cuidado redactara diariamente en la

Gruta del Francés, fueron impresas y publicadas, siendo después reproducidas en todos los idiomas por los periódicos de ambos hemisferios. La prudencia de Dick, la abnegación de Luis, la intrepidez de Robert y la resignación de todos aquellos niños, fueron universalmente admiradas.

¿Y Kate, Mokó y Evans? Gran parte de las felicitaciones fueron para ellos. Con el fin de recompensar a Evans, se hizo una suscripción pública, que dio lo suficiente para regalar a tan bravo marino un buque mercante, el *Chairman*, del que sería capitán y propietario, con la condición de que Auckland fuera siempre su puerto de matrícula. Y cuando el buen piloto volvía de algún viaje, las familias de sus muchachos, como él decía, le dispensaban la más cordial acogida.

Mokó, el intrépido Mokó, fue agregado al *Chairman*, y encargado a Evans para que cuidase de él como si fuera su hijo, y a su lado se hiciera hombre, creándose una posición y una fortuna que bien merecidas se tenía.

En cuanto a la excelente Kate, los Briant, los Garnett, los Wilcox y los demás, se la disputaron, pero concluyó por quedarse definitivamente en casa de Robert, a quien salvó la vida con sus maternales cuidados.

Ha terminado nuestro relato, y como conclusión moral, he aquí lo que debe tenerse presente de él, que justifica, a nuestro parecer, su título de *Dos años de vacaciones*.

Verdad es que no hay en ningún colegio alumnos que cometan jamás la locura de exponerse a pasar sus días de asueto en semejantes circunstancias. Pero los niños, leyendo este libro, deben siempre tener presente que con orden, celo y valor, no hay ninguna situación, por mala que sea, que no se pueda vencer; y no olvidar sobre todo, pensando en los jóvenes del *Sloughi,* que llenos de experiencia por tan grandes contratiempos, y acostumbrados al duro aprendizaje de la vida, a su vuelta los pequeños eran casi adolescentes y los mayores casi hombres.